중심

중심

1판 1쇄 인쇄 2021. 3. 17.
1판 1쇄 발행 2021. 3. 24.

지은이 법인

발행인 고세규
편집 김성태 디자인 박주희 마케팅 이헌영 홍보 반재서
발행처 김영사

등록 1979년 5월 17일 (제406-2003-036호)
주소 경기도 파주시 문발로 197(문발동) 우편번호 10881
전화 마케팅부 031)955-3100, 편집부 031)955-3200 | 팩스 031)955-3111

값은 뒤표지에 있습니다.
ISBN 978-89-349-8693-5   03810

홈페이지 www.gimmyoung.com   블로그 blog.naver.com/gybook
인스타그램 instagram.com/gimmyoung 이메일 bestbook@gimmyoung.com

좋은 독자가 좋은 책을 만듭니다.
김영사는 독자 여러분의 의견에 항상 귀 기울이고 있습니다.

극단의 세상에서
나를 바로 세우다

중심

법인
산문집

가운데 있는 마음

황지우 시인

이 책은 스님께서 해남 대흥사 일지암과 남원 실상사에 거하시면서 당신을 찾아온 수많은 사람의 이야기를 옴니버스 형식으로 들려주는 '담소' 콘서트이다. 장사하는 사람, 배추 농사짓는 농민, 귀농한 과학 교사와 그의 아이들, 판소리를 하는 성악가, 촌에 내려와 숨죽이고 살았던 위안부 할머니, 고민 많은 대학생, 교수, 목사, 정치가, 기업인 등 수많은 사람이 각자 절절한 어떤 사연들을 가지고 스님을 찾아오고 또 스님이 찾아간다. 이들이 만든 이야기는 우리들 '오늘의 삶'을 단층 촬영하듯 보여준다. 스님이 도려낸 단면의 결들은 때로는 폐부를 찌른 듯 아프고 때로는 '일시정지'하고 싶게 아름답다.

산중 수행자로서 시인이자 불교학, 인문학에 해박한 눈썰

미를 갖고 계신 법인 스님은 또한 우리나라 대표적인 NGO의 공동대표를 역임한 바 있다. 승속僧俗의 한가운데, 당신은 벗어나 있으면서 이미 참여하고 있다. 이 책의 제목《중심》은 어쩌면 당신의 위치이기도 하다.

법인 스님이 이끌어가는 대화의 중심에는 차와 책이 있다. 세속과 그 '너머'의 사이, 그 가운데 있는 마음, 즉 중심을 유지하는 것이 대화요 그 말들이 서로 오가며 이야기의 줄기 세포가 번지고 얽혀 잡다한 꽃들을 피운다. 법인은 설법하지 않는다. 그가 대화하는 방식은 오히려 침묵 속에서 경청하는 것이다. 그러다 어느 대목에서 한마디 하는데 그 짧은 한마디가 괴로움으로 꽁꽁 뭉친 마음 한 귀퉁이를 죽비처럼 가격한다. 순간 알 사람은 알아챈다. 법인은 그것을 마음의 '해체'라 부른다. 그가 유도하는 대화는 발견이며, '발견하게 하는 것'이다.

나는 은퇴 후 스님의 배려로 6개월간 일지암에 머물렀다. 스님은 초의 선사가 거하셨던 초당 뒤편 동백나무 숲속 '동다정東茶亭'을 나에게 흔쾌히 내어주셨다. 나는 그곳에서 스물네 편의 시를 썼다. 스님이 얼마나 기뻐했는지 모른다. 나와 스님은 자취생처럼 교대로 밥을 짓고 설거지를 했다. 뜻하지 않은 동거 생활 중에 나는 이 책에 등장하는 여러 사람을 보았다. 나는 스님에게 질문을 자주 했고, 스님은 답 대신

불교에 관한 책을 건네주곤 했다. 그때 내가 다시 읽은 책이 나가르주나의 《중론》이다. 어쩌면 《중심》의 근간을 이루는 스님의 생각은 "인과 연에 따라 오는 것도 없고 가는 것도 없다"라는 《중론》의 공 사상에 기반한 것이 아닐까 싶다.

수많은 사람이 찾아와 '자기발견'의 이야기꽃을 피우는 이 책은, 저자의 말처럼 "어느 누구도 주눅 들지 않고 참여하는 꽃들의 어울림으로 꾸며진 꽃밭", 즉 화엄華嚴을 보여준다고 하겠다. 거기서 소란스럽게 떠드는 "잡설雜說이 곧 경전이다"라는 법인의 역설은 눈부시다.

책을 펴내며

지금 나에게 묻는다.

그 무엇으로부터 자유를 원하는가.
그 무엇으로의 길을 가고자 하는가.
그리하여 흔들림 없는 몸짓으로 살고 싶은가.

머뭇거림 없이 중심을 지키면서
가고 싶은 길을 가고, 가야 할 길을 가고,
가고 싶지 않은 길도 가기 위해
왜 나는 나와 정직하게 마주하지 않는가.

나를 힘들게 하고 혼란하게 만드는
그 무엇이 무엇인지를
왜 나는 정직하게 질문하지 않는가.

드러내고 마주하고 묻는 일은 고통스러운 법.
깊이 감춰지고 교묘하게 가려진
나의 모습을 보는 일이 불안하고 두렵다.

서슴없는 나와 대면하는 일.
그것은 살아온 삶을 통째로 부정하는
파산 선고일 수도 있기에 불안하고 두렵다.

마주 보고, 질문하고, 부정하는 일이 고통스럽더라도,
그럴듯해 보이는 가짜 얼굴을
버리지 않고 길은 있는가.

타인에게 인정받고자 여기저기 기웃거리고,
타인의 삶을 훔치는 그런 발걸음을
돌리지 않고 길은 있는가.

비교하면서 순간 우쭐한 쾌감에 젖다가
허무와 절망에 빠지는 가짜 삶을
내려놓지 않고 길은 있는가.

본디 정해진 길, 그런 길은 없다.
가면 열리는 길, 그런 길은 있다.

내 진짜 모습을 가리는 그 무엇,
내 진짜 몸짓을 묶는 그 무엇,

어쩌면 그 무엇을 이미 알고 있을지도 모른다.
다만 이런저런 이유로 머뭇거리고 있을 뿐.

내가 서 있어야 할 '바탕'에 내가 서 있고
내가 가야 할 '방향'으로 내가 길을 가면
그곳이 바로 '중심'이다.

천길 벼랑 끝의 나뭇가지 붙잡고 있는 그대, 당장 그 손을
놓으시라.°
천길 벼랑 끝에 서 있는 그대, 당장 한 걸음 내딛어라.°°

지금 여기, 머뭇거릴 이유 없네.

맑은 물 흐르고 꽃빛 환한
2021년 3월
법인

°   현애살수장부아懸崖撒手丈夫兒. 중국 송나라 야부도천 선사의 게송
을 인용하였다.
°°   백척간두진일보百尺竿頭進一步. 중국 당나라 장사 선사의 게송을
인용하였다.

차
례

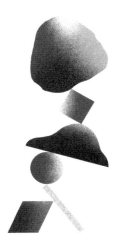

1부. 사는 일

움켜쥔 손 털어버리는 일
무어 그리 어려울까

2부. 세상일

사람과 사람이 손을 잡으면
사람 사는 세상이 된다

3부. 닦는 일

———————— / ————————

그릇에 더러움이 가득하면
맑은 물을 담을 수 없는 법

일러두기

이 책은 2015년 5월부터 2021년 1월까지 〈경향신문〉〈서울신문〉〈참여사회〉〈휴심정〉 등에 연재한 글과 미발표한 글을 선별하고 합쳐서 엮었다. 더러 중복되는 내용은 새로 고쳐 썼다. 각 글 끝에 발표연도를 적어두었다.

1부. 사는 일

움켜쥔 손 털어버리는 일
무어 그리 어려울까

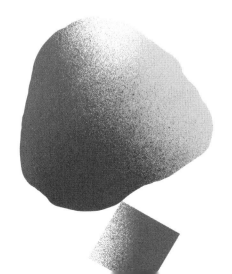

인생을
망치지 않는 법

패가망신이라는 말이 있다. 재산과 명성을 다 날리고 초라하고 쓸쓸하게 나앉은 경우를 말한다. 지혜롭지 못한 판단과 처신으로 소중한 인생을 망친 사연을 들을 때, 문득 생각나는 한 사람이 있다. 그는 어느 소도시에서 귀금속상을 운영한다. 단란하고 화목한 가정을 이루고 사는 평범한 시민이다. 내가 그의 삶에 주목하는 이유는 지혜롭게 사는 모습이 어떤 모습인지를 느꼈기 때문이다.

그는 어느 시골집 11남매 사이에서 찢어지게 가난한 어린 시절을 보냈다. 학교도 못 가고 매끼를 어떻게 때울까를 걱정했다. 시골에는 희망이 없다고 생각한 그는 무작정 서울로 갔다. 최소한 밥을 굶지 않겠다고 다짐하며 중국음식점에 취직했다. 그때 그는 이런 생각을 했다. '여기서 내가 살 길은 오직 정직, 근면, 성실이다. 그러면 주인이 나를 내쫓지는 않을 것이다.' 그렇게 몇 년을 중국음식점에서 열심히 일했다.

그러다 인생을 바꾼 인연을 만났다. 중국음식점 근처에 있는 금은방 주인이 그에게 "나하고 일하지 않겠소?" 제안했다. 평소 그의 성실한 모습을 금은방 주인이 눈여겨본 것이다. 귀금속과 시계를 파는 그곳에서 일하며 어느덧 청년이 된 그는 음식점에서 일할 때와는 달리 이런 생각을 했다. '이곳에서는 오직 기술을 잘 배워야겠다.' 그렇게 여러 세월 동안 귀금속과 시계에 관한 기술을 익히고 장사 잘하는 방법도 터득했다.

그렇게 월급을 착실하게 모아 소도시로 내려가서 귀금속상을 차렸다. 가게 이름은 자신의 인생철학을 담은 '신용당.' 사업은 날로 번창했다. 그는 참한 연분을 만나 결혼을 하고 자식을 두었다. 웃음이 넘치는 나날이 계속되었다. 여기까지의 행적은 평범하지만, 그 후의 마음가짐은 특별하다.

그는 평범한 일상을 보내며 비범한 생각과 다짐을 했다. '돈도 벌고 생활도 안정이 되었는데, 어떻게 인생을 망치지 않고 보람차게 살 수 있을까? 어려운 환경을 딛고 풍족하게 먹고사는 주변 친구들을 보니, 노름과 주색에 빠지거나 무리한 사업 투자로 패가망신하는 경우가 있구나. 나는 패가망신하지 않고 나름 사는 재미와 보람을 찾아야겠다. 그러자면

책을 읽고 등산을 하고 자신을 다스려야겠다.'

　그는 가끔 나와 차담茶啖을 나눈다. 여전히 근면하고 성실하고 헛곳에 눈을 돌리지 않는다. 나는 그를 볼 때마다 '많이 알기보다 잘 아는 일이 지혜로운 삶'이라는 생각을 한다. 내가 아는 어떤 사람은 나름 원칙을 가지고 당당하게 산다. 그는 누구에게 줄을 서지도 않고 누구도 줄을 세우지 않는다. 자존감을 구겨가면서까지 어딘가에 끼어들어야 안심이 되는 세상에서, 그는 억지로 인맥을 만들지 않으며 사람들과 좋은 관계를 맺고 산다.

　책에서 찾지 않아도 이래저래 인생길엔 고수가 많다. 인생 고수들에겐 공통점이 있다. 가야 할 길과 가지 말아야 할 길을 알고, 분수와 능력만큼 일하고 소유하면서 자족한다는 것이다. (2018)

주마간화

얼마 전 고등학생에게 스마트폰에 쓰인 글을 읽어보라고 권했다. 원고지 20매 정도의 글이다. 그는 놀랍게도 전광석화와 같은 속도로 글을 읽어내려갔다. 쏜살같았다. 그래서 속독법을 익혔는지 물으니 그건 아니란다. 문장을 다 읽었는지 물으니 그렇다고 한다. 어떤 내용인지 물으니 대충 줄거리만 이해하고 있었다. 자세한 내용과 글에 담긴 의미를 전혀 파악하지 못했다. 순간 주마간화走馬看花라는 말이 떠올랐다. 전력 질주하는 말을 타고 가면서 길가의 꽃을 본다는 의미다. 말을 타고 가는 이가 분명 꽃을 본 것은 사실이다. 아니, 그저 꽃을 보았을 뿐이다. 더 적확히 말하자면 꽃을 보았으나 꽃을 보지 못했다고 해야 옳겠다.

산중에 살다보니 생필품을 구매하는 데 어려움이 많다. 그래서 때로는 온라인 쇼핑몰을 이용한다. 물건을 장바구니에 담는 데 20초가 채 걸리지 않는다. 얼굴을 마주하지 않고 거래를 한다는 사실이 아직도 낯설다. 매우 신속하기에 편리하다. 이렇게 솔바람 소리를 듣고 사는 나도 머지않아 몸을 움직이지 않고 오직 손으로만 하는 거래와 빠른 주문 속도에 익숙해지겠다. 주문 속도와 함께 배송 속도에 한 번 더 놀란다. 지금이야 물건이 도착하는 속도에 놀란다지만 이 또한 익숙해지고 무감각해질 터이다. 편함, 익숙함, 무감각, 이런 것들은 개인과 사회를 어떻게 변화시키고 변질시킬까. 정밀한 점검이 필요하지 않을까.

빠른 속도가 우리 삶에 새겨놓은 흔적을 헤아려본다. 먼저 늘 위험이 따른다. 속도는 다른 사람과의 비교와 경쟁으로 측정된다. 배달원은 배송 속도가 곧 자신이 몸담은 회사의 영업 이익으로 직결된다는 사실을 안다. 그런데 빠른 속도는 여유로운 시간을 허락하지 않는다. 빠를수록 여유로운 시간이 줄어든다니, 모순과 역설이다. 나는 '로켓배송' '천리마 탁송'이라는 말들이 섬뜩하다. 오늘 한 발을 빨리 뛰었는데, 내일 두 발 더 빨리 뛰어야 겨우 뒤처지지 않는다니!

현대 사회에서 빠른 속도는 더 이상 빠른 속도가 아니다. 오직 보통 속도와 빠른 속도의 경쟁만 있을 뿐이다. 보통 속도는 '정상 속도'나 '적정 속도'가 되지 못한다. 더 빠른 속도가 정상 속도로 인정받기 때문이다. "제자리에 머물기 위해서는 온 힘을 다해 뛰어야 한다. 다른 곳으로 가기 위해선 지금보다 최소한 두 배는 빨리 달려야 한다." 루이스 캐럴의 동화《거울 나라의 앨리스》에 등장하는 붉은 여왕의 말이다. 우리 사회는 '붉은 여왕의 법칙'이 매일 숨 가쁘게 작동한다. 빠른 속도를 편리하고 최상의 서비스라고 생각하는 우리는 어쩌면 '위험의 외주화'의 공범일지도 모른다. 쫓기고 헐떡거리며 달리는 천리마 인간과 로켓 인간의 고달픔으로 잠시 기분이 좋아진다니….

한편 빠른 속도에 길들여진 신체는 내면을 위협한다. 자신을 차분히 살피고 헤아려보는 시간을 빼앗기 때문이다. 침착하고 사려 깊은 태도를 유지하는 대신 매사를 쉽게 판단하고 성급하게 결정한다. 참을성이 없고, 남의 말을 경청하지 않고, 자신의 견해와 경험에 의존하여 세상을 바라본다. 점점 경박해지고 이웃에게는 상처를 주기 쉽다. 책을 읽어도 줄거리와 정보만 취할 뿐이다. 내용과 의미를 내면화하고 자기화하지 않는다. 과정을 생략하고 결과만 취하게 된다. 그래서 깊고 그윽한 인격의 향기를 뿜어내지 못한다.

그렇다면 해결책은 무엇인가? 아마도 '적정'이 답일 듯하다. '적정 기술'이 있듯이 '적정 속도'가 필요하다. 삶이 헐떡거리지 않는 그런 속도 말이다. 적정한 속도를 유지하려면 성장과 독점이라는 미혹의 문명에 대한 큰 전환이 있어야 하겠다. 멈춰 서서 오래 골똘히 보아야 사랑스러워 보인다. 빨리 달리는 말 위에서 어찌 예쁘고 사랑스러운 꽃을 보고 느낄 수 있겠는가. (2020)

보람이네가
행복한 이유

보람이는 지금 대학교 3학년생이고, 남동생은 대학교 2학년 생이다. 보람이 어머니와 아버지는 정직, 근면, 성실의 모범 이면서도 사람들과 놀기를 참 좋아한다. 보람이 부모는 주변 에 어려운 일과 기쁜 일이 생기면 자기 일처럼 함께한다. 읍 내 곳곳에 개설된 인문학 강의를 열심히 듣는다. 공재문화 제, 고정희문화제 등 문화 행사가 있으면 일도 돕고 흥겹게 즐긴다. 풍물 강사인 어머니는 틈틈이 실력 있는 선생님을 찾아가 장구를 배운다. 복지기관에서 일하는 아버지는 관련 분야에 관한 공부를 더 하는 눈치다. 그런 부모님과 함께 사 는 보람이는 더없이 즐겁다. 돈이 그리 넉넉하지 않아 가끔 불편하고 자존심 상할 때도 있지만, 그것 때문에 불행하다고 느낀 적은 없다. 이해와 배려, 웃음과 즐거움이 넘치는 가정은 보람이의 자랑이다. 돈이 많아 행복한 것이 아니라 웃을 일이 많으면 그게 행복이라는 말을 보람이네 가족은 공감하고 실감한다.

지천명을 바라보는 보람이 부모의 행복 비결은 '나답게' 사는 것이다. 다른 사람과 비교하지 않고 '나는 나! 너는 너!'라는 주체와 자존을 세우며 살자고 말한다. 그게 그리 쉬운 일은 아니다. 다행히 보람이 부모는 타고난 바탕이 낙천적이고 작은 일에 감동한다. 행복은 지금 여기에 있고, 마음에 있음을 믿는다. 제비꽃은 제비꽃대로 장미꽃은 장미꽃대로 존재 자체로 아름답고 존귀하듯, 행복은 나답게 살아갈 때 환하게 꽃피는 것을 알고 있다.

그렇다면 보람이 부모가 어떻게 '나답게' 살까? 먼저 이들 부부는 도시라는 공간이 잘 맞지 않는다. 기질적으로 흙과 바람과 햇살이 풍성하지 않으면 몸에 생기가 돌지 않는다. 그래서 지방 소읍에 살면서 두륜산과 땅끝 해남 바다를 오가며 오감을 맘껏 누리며 산다. 이게 바로 '나답다'라는 뜻이다. 그리고 이들은 '분수'대로 사는 것이 나답게 사는 것이라고 확신한다.

보람이 부모는 왜 분수를 중요하게 여기게 되었을까? 분수를 지킬 때 곧 자유를 누릴 수 있음을 알았기 때문이다. 분수라는 말은 신분 사회에서 계급 상승의 욕구를 억누르는 의미로 사용되지만, 본래 사람으로서 일정하게 이를 수 있는 자신만의 몫을 의미한다.

사람은 저마다 타고난 기질과 취향, 능력과 가치를 가지고 있다. 그런데 남이 좋다고 하고 내 눈에도 좋아 보여서, 다른 이의 삶을 훔쳐보고 넘보는 일은 분수에 맞지 않는 일이다. 이를 매우 잘 알고 있는 보람이 부모는 가끔 농담조로 말하곤 한다. "오르지 못할 나무는 오르지 않는다." 분수 밖의 삶에 의미를 두지 않고 부러워하지 않는 지혜와 용기가 엿보인다.

책보다 술을 더 많이 사랑하는 보람이 아버지이지만, 분수 밖의 삶이 불명예와 파멸의 불씨임을 잘 알기에 틈틈이 《장자》의 〈양생주養生主〉 한 구절을 읽으며 자신들을 경책한다. "들꿩은 열 걸음 걸어야 모이 한 번 쪼고, 백 걸음 걸어야 물 한 모금 얻을 수가 있다[澤雉十步一啄 百步一食]. 그래도 새장에서 길러지기를 바라지 않는다[不蘄畜乎樊中]. 먹이를 찾는 수고로움이야 있겠지만 자유롭게 살려는 본성에는 맞지 않기 때문이다[神雖王 不善也]." "오리의 다리가 짧다고 늘이지 말고, 학의 다리가 길다고 자르지 마라[鳧脛雖短 續之則憂 鶴脛雖長 斷之則悲]." 이 구절은 보람이 부모가 살아가는 지침이다.

여기저기서 대안적 삶을 말한다. 그래서 변방의 삶, 마을의 삶을 이야기한다. 그리고 인문학을 말한다. 대안적 삶의 터전은 변방이고 공동체 정신이 담긴 마을이 될 것이다. 대안적 삶이란 사람과 사람이 사람답게 사이좋게 지내는 삶이다. 대안적 삶의 토양과 자양분은 인문정신이다. 인문정신을 요약하면 주체, 자유, 사랑이다. 나답게 사는 것이 주체다. 남의 삶을 엿보지 않을 때 자유롭다. 저마다 나름대로 나답게 살아가고, 그 사이를 오가는 것이 사랑이겠다. (2017)

재미의 판

템플스테이에 참여한 사람들과 차담을 하면서 속사정을 많이 듣는다. 지난봄에 산사를 찾은 한 분은 뭔지 모르지만 사는 게 답답하다고 말했다. 사는 재미를 어떻게 찾느냐고 물으니 이것저것 사면 가슴이 잠시나마 풀린다고 했다. 무얼 사들이는 재미는 오래가지 못하는 것일까. 얼마 가지 않아서 재미없고 불안해진다고 했다. 보관할 곳이 부족할 정도로 사들인 물건들, 그리 필요 없고 자주 사용하지 않은 물건들을 보면 짜증과 한숨이 나온다고 했다. 그래서 산사에 와서 쉬면 한 달 정도는 마음이 편안하다고 말했다.

불만은 쇼핑에 대한 집착으로, 집착은 다시 불안으로, 불안은 휴식이라는 도피로 이어진다. 불안과 불만이 돌고 도는 일상의 윤회다. 듣는 내내 답답하고 안타까웠다. 물건에 집착하는 사람을 훌륭한 사람이라고 말하진 않는다. 마음 씀이 아름다운 사람이 훌륭한 인간이다. 그런 사람이 가진 모든 것은 명품이 된다. 마치 부처님이 걸친 누더기가 사람들에게 빛나 보이듯이 말이다.

저잣거리에 나가보면 눈이 혼미해지고 귀가 어지럽다. 산중 수행자가 보기에도 어찌 그리 물건을 잘 만드는지 감탄이 절로 나온다. 한번은 전자상가에 들렀는데 각종 제품의 디자인과 기능에 놀랐다. 일반 제품보다 몇 배가 비싼 고화질 텔레비전을 보니 다른 제품에 영 눈길이 가지 않았다. 지금까지 텔레비전 없이 살던 내가 텔레비전을 사고 싶은 충동을 느낄 정도였다.

그때 실감했다. '우리 시대는 필요해서 물건을 사기보다 좋아서 사는구나. 이제 상품은 교환 가치를 넘어 기호 가치가 됐다는 진단이 이런 것이로구나. 자본주의는 생명력을 유지하기 위해 사람들의 기호 심리에 파고들어 노후화 기술과 진부화 기술이라는 마법을 부리는구나. 이래저래 상품은 사람들의 마음을 즐겁게 하는 것이 아니라 힘들게 하겠구나.'

충동구매에 삶이 묶인 사람들을 떠올린다. 왜 기호 가치에 매몰돼 있는가를 생각한다. 대부분 사는 게 재미없고 답답해서 물건을 사들인다고 말한다. 원인은 여기에 있다. 삶에서 진정으로 재미와 의미를 찾지 못한 까닭이다.

그렇다면 답은 분명하다. 재미의 ‘판’을 바꿔야 하지 않겠는가. 그 판은 각자 찾아야 한다. 누군가 이런 말을 했다. “소유와 소비에 투자해보니 재미는 순간이더라. 그런데 시간과 경험에 몰입해보니 재미의 여운이 길게 가더라.” 독서, 산책, 여행, 봉사하기, 문화생활과 취미 즐기기, 다정한 사람들과 음식 만들어 먹기, 이 모든 것을 누리려면 시간과 경험이 필요하다. 그리고 이런 것들은 그리 많은 돈이 들지 않는다. (2019)

밥 이야기°

지금은 지구별을 떠난, 전 현대그룹 정주영 회장의 이야기다. 그는 불교계 행사에서 간혹 절집과 인연 맺은 사연을 들려주었다. 가난하게 살았던 소년 시절, 그는 겁도 없이 대담하게 일을 도모했다. 부친이 황소를 팔아 번 목돈을 가지고 친구와 집을 나선 것이다. 돈을 아끼려고 주린 배를 참으며 서울로 가는 길목, 멀리서 들려오는 목탁 소리를 듣고 산사로 찾아가 밥 한 끼를 청했다. 마침 그날은 절에서 큰 재를 올리는 날이어서 밥상이 푸짐했다. 지치고 허기지고 목마른

°　2016년 〈참여사회〉에 실린 글 '절밥 이야기'를 토대로, 2020년 같은 잡지에 실린 글 '밥은 하늘이다'를 합쳐서 재구성하였다.

나그넷길이었으니, 얼마나 꿀맛이었으랴! 너끈하게 배불리 밥을 먹고 감사 인사를 하고 길을 떠나려는데, 그 절의 주지 스님이 가다가 먹으라고 호박잎에 떡과 과일을 푸짐하게 싸 주었다. 그때 소년 정주영은 그만 가슴이 먹먹했더란다. 절 집을 생각하면 그때 그 절밥과 주지 스님이 챙겨주신 백설기 가 생각난다고 했다.

밥에 얽힌 또 다른 이야기가 있다. 작년 여름, 평소 친한 지인의 여동생이 독일인 남편과 딸과 함께 내가 사는 일지암 에 찾아왔다. 그 가족은 밝고 활기가 넘쳤다. 그런데 다소의 문화적 차이가 있다고 아내는 말했다. 차를 마시면서 이야기 를 들어보니 대략 이런 내용이었다. 독일인은 예의와 규칙을 철저하게 지키는 문화에 익숙하다. 그것이 사회 질서에는 좋 은데 서로의 감정 교감을 막기도 한다. 머리는 냉철하고 몸 짓은 엄정한데 가슴이 허전하다. 아내는 인간 사회에서 아주 중요한 덕목이 '정情'이라고 생각하고, 이해관계와 규칙을 넘 어 소소한 배려와 친절을 나누며 살고자 한다는 자신의 소신 을 밝혔다. 그런데 독일인 남편은 이런 정을 매우 낯설어하 고 때때로 불편해한다고 한다. 대화를 나누면서도 독일인 남 편은 정이라는 개념을 정확히 모르겠다는 눈치였다.

다음 날, 두륜산을 등산하고 일지암 건너편에 있는 진불 암에 들렀다. 그날은 마침 칠월 칠석이어서 시골 할머니들이 많이 오셨다. 진불암 주지 스님은 우리를 반갑게 맞이하며 "밥 먹고 가라"고 방으로 안내했다. 할머니들이 우리 일행을 위해 밥상을 차려주었다. 외국인과 예쁜 딸을 보고 좋아하며 이것저것 밥상에 얹었다. 독일인 남편과 딸은 특히 미역냉국이 맛있는지 잘 먹었다. 할머니들은 자기들끼리 밥을 먹으면서 이쪽 밥상에 반찬이 떨어지면 다시 가져다주었다. 미역국도 한 그릇 듬뿍 가져다주었다. 후식으로 수박과 참외도 푸짐하게 내왔다. 시원하고 상큼한 매실차도 나왔다. 얼핏 곁눈으로 보니 독일인 남편의 표정이 다소 복잡하다. 상대방의 식사량은 생각하지도 않고 그저 막 퍼주는 이 상황이 생경한 모양이다. 다 먹고 마당에 나왔는데, 어느 할머니 보살님이 떡과 과일을 잔뜩 안겨준다.

세월이 몇십 년 흘렀지만, 소년 정주영이 받은 밥과 떡은 무엇이라도 '먹이고자' 하는 인심과 인정이었다. 그날 밤 내가 독일인 남편에게 말했다. 오늘 진불암에서 할머니들이 우리에게 건넨 밥이 바로 정이라고. 진심과 사랑이 담긴 밥만큼 사람의 자존감을 높이고 사람과 사람 사이를 튼튼하게 이어주는 것이 있을까 싶다. 영화 〈웰컴 투 동막골〉의 명대사가 떠오른다. 북한군 장교가 재미있고 화목하게 지내는 두메산골 사람들을 신기해하며 촌장에게 묻는다. "영감님! 대체이 위대한 영도력의 비결이 뭡네까?" 촌장이 답한다. "뭘 자꾸 많이 멕이는 것이제."

　아침 출근 시간대에 편의점 한편에 서서 컵라면과 삼각김밥을 먹는 청년을 보면 심란하다. 씁쓸함과 애처로움이 가슴에 스민다. 밥은 곧 평등이고 존엄이고 즐거움이어야 하는 거 아닌가? 그래서 밥은 여럿이 먹어야 하고 넉넉한 시간에 여유롭게 먹어야 한다. 그런데 지금 우리 시대는 어떠한가. 밥 먹는 행위가 밥 벌기 위한 수단과 도구가 되었다. 구의역에서 세상을 떠난 청년이 남기고 간 컵라면이 우리를 슬프게 한다.

　금수저, 흙수저, 헬조선이라는 말을 들으면 몹시 우울하다. '밥'의 존엄성을 위하여 우리 시대의 '법'은 어떤 길을 찾아야 하는가? 밥과 법이 사이좋게 지내는 날은 언제 올까? 시인들은 말한다. 꽃과 나무가 돈으로 보이는 순간, 나무의 푸른 싱그러움도 보이지 않고 꽃의 향기도 맡을 수 없다고. 밥의 결핍을 걱정하는 세상, 밥줄을 쥐고 있다고 겁박하여 자존감에 상처를 주는 서러운 세상, 그런 세상에서 '식구'라는 공동체는 무너진다. 제발 인간이 인간일 수 있게 하는, 최소한의 근본 존엄인, 집과 밥을 가지고 장난치지 말자. 밥을 조작하는 시대는 인간의 존엄성이 무너지는 미래를 부른다. 밥은 함께 나눠 먹고 살라는 하늘의 명령이다. 밥은 하늘이다. (2016)

낯선 규칙이
나를 바꾼다

지난해 겨울 3개월 동안 오롯이 참선 수행을 하면서 내면을 들여다보고 싶어, 해인사 선원에서 지내기로 마음먹었다. 그러나 고요함 속에서 나를 고요히 가꾸기보다 움직임 속에서 고요함으로 몰입하기로 생각을 바꾸었다. 그 움직임은 바로 노동이다.

일지암 이웃 마을에 있는 한 농가를 찾아 50일 정도 절임배추 만드는 일에 동참했다. 하루 평균 열 시간가량 꼬박 일했다. 노동의 공덕이 실했다. 몸을 쓰는 즐거움을 흠뻑 누렸다. 밥맛도 좋았고 몸도 튼튼해졌다. 무엇보다 이웃 마을 사람들과 정을 나누는 게 재미있었다. 마을 사람들과 함께하면서 내면에 깃든 허세와 부자연스러움이 많이 빠졌다. 사람과 일 속에서 체득한 수행은 값지다. 성찰과 사유가 깃들면 자연과 사람과 일이 모두 책이고 부처님의 법문이다.

'절임 배추 안거'는 12월 말쯤에 끝났다. 옛 수행자의 가풍을 흉내내어 반농반선半農半禪했다고 자신을 위로했다. 다시 일지암에 깃들었다. 추사 김정희 선생을 따라 '반일정좌半日靜坐 반일독서半日讀書'°하는 삶을 추구해보았다. 얼마 전 내 산거에 온 귀농인은 '청경우독淸耕雨讀'이 살아가는 지침이라고 했다. '햇볕이 좋은 날은 노동하고, 비가 오는 날은 책을 읽는다'라는 의미다. 그분의 삶의 지향에 무릎을 탁! 쳤다. 누구나 부러워하지만, 아무나 결단하고 누릴 수 있는 삶이 아니다.

반일정좌 반일독서하면서 그렇게 우아하게 남은 겨울을 보내겠다고 다짐했지만, 뜻밖의 액난을 만났다. 따뜻한 남쪽 나라 땅끝 해남이건만, 유난스레 강한 추위와 폭설이 닥쳤다. 그 여파로 일주일 동안 수도가 얼어붙어 물 없이 지냈다. 겨우 날씨가 풀리는가 했더니만 다시 물이 나오지 않았다. 일지암의 물은 암자 위 높은 곳에 있는 큰 통에 집수해서 내려오는데, 수도관이 터진 것이다. 그리하여 한 달가량 물

° 추사 김정희 선생의 고택 기둥에 새겨진 글귀로, '하루의 절반은 고요히 마음을 닦고, 나머지 절반은 책을 읽는다'는 의미다.

을 받지 못하고 응급 처방하며 살았다. 밥을 지어 먹고 설거지할 물은 인근 약수터에서 받아 사용했다. 빨래는 대흥사에서 했다. 세면과 몸 씻는 일은 맑은 산바람으로 대신했다. 춥지만 견뎌야 했다. 지인 몇 분과 함께 안거했는데, 제일 성가신 일은 변기 사용이었다. 각자 알아서 볼일을 보라고 했다. 하긴, 말하지 않아도 그 엄청난 운명을 스스로 감당할 수밖에 없었다. 어떤 이는 볼일이 생기면 삽을 들고 나가 산 구석구석을 찾아 헤맸다. 또 다른 이는 도끼로 연못의 얼음을 깨고 허드렛물을 받아 세면장에서 볼일을 봤다.

자연의 재난 앞에서 나뿐만 아니라 모두가 태연했다는 사실이 신통하다. 나는 어릴 적부터 문명의 도구 없이 지낸 경험 덕분인지 이런 사태가 벌어지면 비교적 예민하지 않다. 거의 둔감하고 개념이 없는 쪽이다. 어릴 적에는 집 안에 수도 시설이 없었다. 동네 공동 우물에서 물을 길어 사용했고, 산에서 나무를 베어 아궁이에 불을 지펴 한겨울을 보냈다. 전기는 초등학교 4학년 때 들어왔다. 문명의 도움 없이, 아니 간섭 없이 살아온 내성을 오랜만에 불러들였다.

살다보면 익숙하고 편리한 일상에 가끔 복병이 출현한다. 낯설고 불편한 일이 닥치면 나는 즉시 생각을 바꾼다. 삶의 유쾌함과 불쾌함은 어떤 사태에 대한 해석과 적응에서 발생하기 때문이다. 찬바람이 불고 물이 나오지 않는 그때, 이렇게 생각을 바꾸었다. '이게 뭐 죽고 사는 일이랴. 전기가 없는 1960~1970년대에도 태연하게 살았는데! 그런데 지금은 쌀이 있겠다, 김치가 있겠다, 국 끓일 채소가 있겠다, 무엇보다 아름다운 겨울 경치를 보며 사는데 뭐가 부족하고 절박하겠는가.' 지금도 추운 겨울 보일러 없이 사는 사람이 있다고 생각하면 이런 불편 앞에서 겸손해진다.

같은 산내 암자의 스님도 물이 얼어 나와 같은 고난을 겪었다고 했다. 그 스님이 문자를 보내왔다. "새삼 물이 생명수임을 실감하겠습니다." 우리는 말하곤 한다. "사람은 오직 낯선 규칙에서 생각한다." 절임 배추 노동과 물 부족 생활을 경험한 나는 큰 공부를 했다. 한생각에 지옥과 극락이 결정된다더니 정말 그렇다. 임제 선사는 "수처작주隨處作主"라고 했다. 어느 상황에서도 고정된 관념과 습관에 갇히지 않고 자주적으로 생각하고 처신한다면, 그 자리가 빛나는 자리라는 의미다. 낯선 규칙이 나를 바꾼다. (2019)

솔바람과
풀꽃 시계의 값

"본시 산중 사람이라[本是山中人]/ 산중 이야기를 즐겨 나눈다[愛說山中話]/ 오월에 솔바람 팔고 싶지만[五月賣松風]/ 그대들 값을 모를까 두렵네[人間恐不價]."

《무소유》를 쓰신 법정 스님이 평소 마음에 새기면서 즐겨 읽은 게송이다. 몽암악 선사가 지었고, 중국 명나라의 구녀직이 엮은 《지월록》에 실렸다. 이 게송의 매력은 "솔바람 팔고 싶지만 값을 모를까 두렵다"라는 은유에 있다. 옷깃을 시원하게 스치는 바람이겠으나 사실은 심장에 일침을 가하는 칼바람이다. 몽암악 선사는 솔바람의 값어치를 물었다. 그대는 어떻게 대답할 것인가. 어설프게 얼마인지 되물을 것인가. 얼마인지 묻는 순간, 그대는 지극히 어리석은 사람이 된다. 쯧쯧쯧.

초등학생 자녀를 둔 아버지가 공원을 거닐다가 풀꽃을 따서 아들과 딸의 손목에 시계를 만들어주었다. 아이들은 풀꽃 시계를 보고 아주 좋아했다. 그런데 좋아하는 아이들을 보며 미소 짓던 아버지의 눈시울이 조금 붉어졌다. 어린 시절 자신의 아버지 얼굴이 생각났기 때문이다. 초등학생 시절, 반 친구들은 거의 다 예쁜 시계를 손목에 차고 있었는데 가난했던 그의 손목은 허전했다. 아버지에게 시계를 사달라고 조르고 싶었으나 조숙한 그는 차마 말을 하지 못했다.

어느 날 그는 아버지와 외할머니 댁에 놀러가 함께 들길을 걸었다. 그때 아버지는 들에 핀 풀꽃으로 시계를 만들어 손목에 채워주고 반지를 만들어 손가락에 끼워주었다. "참 멋진 시계지? 이 세상에서 향기가 나는 시계는 이거 하나밖에 없을 거야. 참 예쁘구나." 그날 밤 그는 풀꽃 시계가 망가질까봐 조심하며 잠을 잤다. 그때 그 풀꽃 시계의 값은 얼마였을까. 그는 과연 풀꽃 시계를 누구에게 팔 수 있었을까. 이 물음에 답하려 한다면 그대는 다시 지극히 어리석은 사람이 된다. 쯧쯧쯧.

세상에는 소중한 것들이 참 많다. 우리는 그것들을 가지고 싶어 하고, 오래도록 간직하며 누리고 싶어 한다. 그럴 만한 이유가 있기 때문이다. 내게 의미가 있고 유익하기 때문이다. 우리는 그것을 '가치'라고 말한다. 나에게 의미가 있고 나를 기쁘게 하는 가치를 찾고 누릴 때 우리는 행복하다고 말한다.

저마다 가치가 있다. 고유한 가치, 특별한 가치라고 말할 수 있겠다. 아버지가 만들어준 풀꽃 시계는 누구와도 공유할 수 없는 그만의 고유하고 특별한 가치다. 저마다 취향에 따라 5월에 부는 솔바람을 느낀다. 그러나 지상의 '공기'는 누구에게나 소중하고 절대적이다. 풀꽃 시계의 추억과 의미는 아버지와 아이가 교감하는 소중한 가치이지만, '시간'은 누구나 자유롭고 평등하게 누려야 하는 소중하고 절대적인 다수의 가치다.

누구나 모두가 함께 누려야 하는 것들, 우리는 그것을 '공공재'라고 한다. 공공재에 대해 여러 가지 해석이 있을 수 있겠으나 여기선 '공공의 가치'라고 하자. 함께 누려야 할 것들을 더불어 누리지 못하면 균형이 깨진다. 소수가 불공정하게 독점하기 때문이다. 뿌린 대로 거둔다는 인과의 법칙은 참으로 엄정하다. 혼자만 살고자 하면 혼자도 살 수 없다. 함께 살고자 하면 나도 너도 살 수 있다. 공공의 가치를 존중하는 것은 선심성이 아니다. 당위성이다. 이치가 그러하기 때문에 그러해야 하는 당위성이다.

공기·물·불·흙은 우주의 원천이며 우리 사회의 공공재이다. 생명, 안전, 건강, 주거, 교육은 나도 살고 너도 사는 데 필요한 공공재이다. 공공의 가치란 다름 아닌 공공의 이익을 말한다. 교육을 앞에 두고 사업과 장사의 논리로 횡포를 부린 일련의 '비리 유치원 사태'를 보며 수학에 왜 '공통분모'가 있는지 생각해본다. 공통분모가 많은 세상일수록 좋은 세상이리라. (2019)

실사구시의
배움터

올해 초, 좋은 이웃이 생겼다. 내가 깃들어 사는 두륜산 너머 홍촌리 차 여사댁이다. '홍촌리 차 여사'는 내가 붙인 애칭이다. 그리고 나는 그에게 '이소재怡笑齋'라는 멋진 집 이름도 지어주었다. '밝은 웃음이 넘치는 집'이라는 뜻이다. 그는 남편과 젊고 씩씩한 아들과 함께 친환경 농산물을 생산하고 가공해 판매한다. 특히 차 여사의 묵은지와 여덟 종의 장아찌의 맛은 천하제일이다.

어느 날 우연히 차 여사댁 감자 캐기에 동참했다. 마침 음악과 그림을 업으로 삼고 있는 사람들이 암자에 머물고 있어 함께 밭에 갔다. 막상 감자밭을 보니 그 규모가 녹록지 않았다. 큰 밭을 예전처럼 호미로 작업한다면 족히 닷새는 걸릴 듯했다. 먼저 비닐과 감자순을 걷어낸다. 그런 다음 감자 논두렁 양방향에서 트랙터가 회전할 정도의 거리는 손수 호미로 캔다. 이어 트랙터로 땅을 뒤집어 감자를 캔다. 드넓은 밭에 토실토실하게 드러난 엄청난 양의 감자를 보고 모두가 환성을 질렀다. "오메! 보기만 해도 오지네, 오져."

감자 수확은 호미로 직접 캐는 일과 트랙터로 캔 감자를 부대에 담는 일로 나뉜다. 그날 나는 잽싸게 작업반장 자리를 차지했다. "여러분! 일은 일같이 해야 합니다. 바닷가에서 조약돌 줍기 수준으로 감자를 캐고 담는다면 품삯은 없습니다. 감자 1,000개 담고, 허리 한 번 폅니다." 예술쟁이 초짜 농부들은 서툰 호미질로 인해 벌써 손마디에 물집이 맺혔다. 그래도 몸을 돌보지 않는 작업반장의 속도와 솜씨에 감동을 받았는지 묵묵히 일했다.

적당한 리듬과 흥이 있어야 힘든 일을 이겨낼 수 있다. 신토불이의 새참과 함께 객쩍은 농과 노래가 이어졌다. 감자를 주워 담다보면 마치 수석같이 여러 형상의 감자를 발견한다. 단연 나에게는 부처님이나 달마를 닮은 감자가 자주 눈에 띈다. 어느 부부는 하트 모양 감자를 발견하면 미소를 짓는다.

무덥고 뜨거운 날씨지만 내 뒤에는 장엄한 두륜산이 있고, 앞에는 푸른 바다가 있고, 옆에는 따뜻한 이웃이 있다. 품앗이하는 이웃과 함께하니 천국과 극락이 멀리 있지 않음을 알겠다. 이렇게 꼬박 이틀 하고도 반나절 동안 감자를 더 수확했다.

몸은 고단했지만, 마음은 더없이 뿌듯했다. 사는 일이, 행복이, 그리 멀리 있지 않고 거창한 것에 있지 않음을 새삼 깨닫는다.

사람이 사는 것같이 산다고 하는 것은 무엇인가. 더불어 일하고, 공부하고, 놀고, 사랑하는 일이 아니겠는가. 힘든 일을 도와 나눌 때 비로소 좋은 일도 기쁘게 나눌 수 있는 이웃이 된다.

농사일을 진득하게 하다보면 만물이 수고와 은덕으로 이루어진 존재라는 이치를 깨닫는다. 바로 실사구시實事求是의 배움터이다. 지치고, 힘들고, 지루하고, 그만두고 싶을 때까지 몸을 밀어올려보라. 우리가 얼마나 공허한 회색 논리와 관념에 묶여 살아가는지를 곧바로 알 수 있다.

그런데 이틀 내내 일하면서 은근히 마음 한편이 불편했다. 바로 옆 마늘밭에서 일하는 노부부가 눈에 밟혔기 때문이다. 일손이 귀할 때라 그 넓은 밭의 농산물을 직접 수확해야 했다. 여느 다른 밭도 사정은 마찬가지다. 간간이 보니 일이 좀처럼 줄지 않았다. 한창 바쁠 때 외지 일군을 부르면 일당 8만 원에서 10만 원까지 주어야 하니 애써 농사를 짓고도 남는 게 별로 없다고 했다. 농촌의 노령화를 실감하지 않을 수 없었다. 안타까운 마음에 소박한 생각 하나가 들었다. '마늘, 고구마, 감자, 배추, 무 등의 걷이는 그리 큰 기술을 필요로 하지 않는구나. 다만 부지런한 손만 필요하다.'

농번기에는 조금이라도 맞드는 개미 손들이 절실하다. 그래서 전국의 사찰에서는 수행도 하고 일손도 거드는 '농활 템플스테이'를 해볼 만하겠다. 또 지자체는 도시 사람들이 농사일을 도울 수 있는 방편을 찾아보면 좋겠다. 마을 사정에 맞는 '우프'와 '워킹 홀리데이'를 설계하면 어떨까.

노무현 전 대통령의 마을 봉화산에는 호미 든 관세음보살상이 있다. 세상의 힘든 사연을 가슴으로 듣는다고 해서 '관세음觀世音'이라고 한다. 이 보살은 1,000개의 눈과 1,000개의 손을 가지고 있다. 중생이 사는 밭에 일손이 부족하니 관세음보살은 손에 호미를 들었다. '너도 관세음 나도 관세음.' (2016)

'본다'에서
'보인다'로

암자의 일상이 시들하고 무료해지면 이웃 마을로 나들이를 간다. 아무리 좋은 곳이라도 오래 살다보면 시들할 때가 있다. 이럴 때는 건너편 풍경으로 몸과 시선을 이동해야 한다. 조선 중기 문인 윤선도의 녹우당과 김남주 시인의 생가를 가끔 찾는다. 김남주 시인이 살았던 집의 마루에 앉아 질박한 촉감을 느끼고 시인의 시를 읽으면서 상념에 젖는다. 또 고정희 시인의 서재에서 묵은 책들의 묵향을 맡기도 한다. 세 곳은 내가 사는 대흥사와 10분가량 떨어진 거리에 있다. 터를 바꾸면 마음이 새롭다. 무엇보다도 사람의 말소리에서 벗어나 한적한 기운을 온전히 느낄 수 있어서 좋다.

근자에 들어 강진 월출산 아래에 있는 백운동 원림을 찾는다. 자연 친화적인 정원이 있는 별서別墅를 원림이라고 한다.

백운동 원림은 최근 국가지정문화재 명승 제115호로 지정됐다. 벽에 새겨진 불화가 많은 무위사와 수려한 산 아래 펼쳐진 차밭이 원림과 닿아 있다. 이 원림은 조선 중기 처사 이담로가 월출산 옥판봉 아래 조성한 곳이다. 1812년 월출산 소풍을 마치고 이곳에서 하룻밤 머문 다산 정약용에 의해 세상에 더 알려졌다. 정약용은 연하의 선승이자 한국 차의 중흥조인 초의 선사에게 백운동 원림 주변의 풍경을 그리게 했다. 그리고 백운동 원림 12경에 대한 시를 남겼다.°

백운동 원림의 정선대라는 정자에서 바라본 옥판봉과 밖에서 물을 끌어들여 만든 유상곡수는 일품이다. 검박하지만 누추하지 않고 아름다우나 사치스럽지 않은 백운동 원림은 은근하고 깊은 맛이 우러나며 기품이 있다. 답사하는 사람들도 이런 풍경과 분위기에 끌린다고 말한다.

모란이 활짝 핀 날, 백운동 원림이 명승으로 지정된 기념

°   정약용은 백운동의 아름다운 풍경에 매료되어 백운동 12경 중 8수(옥판봉, 산다경, 백매오, 유상곡수, 창하벽, 정유강, 모란체, 취미선방)의 시를 짓고 서시와 발문을 썼다. 초의 선사는 3수(홍옥폭, 풍단, 정선대)의 시를 짓고 〈백운동도〉를 그렸다. 정약용의 제자 윤동은 1수(운당원)에 관한 시를 썼다. 그렇게 완성한 14수(서시, 발문, 백운동 12경)의 시에 〈다산초당도〉를 합첩合帖한 책 《백운첩》을 백운동 4대 동주 이덕휘에게 정약용이 선물했다.

식을 마치고 여러 사람과 차담을 나누었다. 모두 원림의 풍경에 감탄하고 칭송하면서 이후 몇 가지 걱정과 바람을 말했다. 혹여 관광의 바람에 휩쓸려 원림을 만든 본래 의미가 퇴색되고 탈색되지는 않을까 하는 염려를 내비쳤다. 한 해 이곳을 방문하는 관광객 수에 집착하지 말고, 주변에 서비스를 제공하기 위한 여러 건물을 짓지 않았으면 한다고 전했다. 곁에 있던 사람들도 그렇게 신신당부했다.

선비 정신이 깃든 처소의 아름다움은 생략과 절제에 있다. 오래가는 아름다움은 노골적이지 않고 숨기는 멋과 맛에 있다. 여유와 소요의 가풍이 깃든 곳일수록 최소한의 모습만을 드러내야 한다. 다행히 염려하지 않아도 될 것 같다. 백운동 원림을 지키고 있는 이승현 선생은 생각이 깊은 분이고, 원림의 정신과 기품을 잘 간직하겠다고 말했다. 마침 그분과 통화할 일이 생겨 이런저런 이야기를 나누다가 점차 유명해지는 원림에 관한 생각을 물었다. "저는 여느 관광지처럼 점찍고 훌쩍 떠나는 곳으로 만들지 않을 생각입니다. 이곳에 오는 사람들이 넉넉한 시간 속에서 원림의 정취를 충분히 느끼고 갔으면 합니다." 넉넉한 시간 동안 머물렀으면 한다는 생각에 믿음이 듬뿍 갔다.

내가 사는 일지암은 초의 선사와 차향을 느끼고 싶은 사람들이 찾는다. 일지암을 방문하고자 하는 사람들이 내게 문의하면 몇 가지 규칙을 말한다. 먼저 최소 30분 이상 머물고, 오자마자 촬영부터 하지 않으며, 스마트폰 검색을 하지 않고, 빠르게 감탄하지 마시라. 그리고 눈과 귀를 무심의 경지에서 고요히 열어놓으시라. 그리하면 늘 보던 하늘과 나무와 물소리가 새삼스럽게 보이고 들릴 것이다.

최근 둘레길에 관한 관심이 높아지고 문화 답사가 흥행하는 일은 매우 좋은 조짐이다. 그러나 번잡한 세속의 습관을 먼저 내려놓고 쫓기는 발걸음을 멈출 때 비로소 보고 들었던 것들이 새삼스러워지지 않을까. 짧은 시간 허둥지둥 스치듯 사진을 찍으며 그저 '보는 풍경'은 누구에게나 똑같은 피사체일 뿐이다. "사랑하면 알게 되고 알면 보이나니 그때 보이는 것은 전과 같지 않으리라"°는 말뜻을 새긴다면 풍경은 마침내 보일 것이다. '보는 풍경'은 그저 똑같은 사진으로 남고, '보이는 풍경'은 저마다 가슴속 깊은 곳에 다다른다. (2019)

°   조선 정조 때의 문인 유한준이 《석농화원》 발문에 적어둔 "알면 정말로 사랑하게 되고, 사랑하면 정말로 보게 되며, 볼 줄 알게 되면 모으게 되니 그것은 다만 모으는 것만이 아니다[知則爲眞愛 愛則爲眞看 看則畜之而非徒畜也]"라는 글귀가 번안된 것으로 추정된다.

사는 즐거움,
죽는 즐거움

설악산의 큰어른 무산 스님이 적멸의 세계에 들었다. 재작년 나는 백담사 무문관 선원에서 스님을 모시고 참선 정진을 함께한 인연의 복을 누렸다. 무산 스님이 이야기한 '삶의 즐거움'과 '죽음의 즐거움'은 나의 화두가 되었다. '죽음의 즐거움'이라니! 생과 사가 본디 경계가 없고 뜬구름같이 실체가 없다는 선언은 진부하다. 문득 '삶의 즐거움'이 발목을 잡는다. 분명 재물과 권력을 움켜쥐거나 감각에 취하는 즐거움은 즐거움이 아닐 터이다. 답은 '적멸'에 있을 것이다. 헛되고 부질없는 생각과 감정을 단박에 놓아버린 그 자리에서, 일상의 소소한 일들이 소중한 의미와 즐거움으로 꽃피는 경지라고 가늠해본다.

무산 스님의 내면은 엄정하고 치열했다. 아울러 스님의 시에서는 탈속의 적멸과 자유가 뿜어나온다. 스님의 일상은 범속한 격을 훌훌 벗어버리고 호방하고 따뜻하고 세심했다. 무엇보다도 경전과 절의 담장을 넘어 세간의 삶과 언어에서 진리를 보고 들은 데에 매력이 있다. 좋은 말씀이 무어냐고 물으면, 우리가 흔히 하는 말에 주목하라고 했다. 오랜 세월 전해오는 속담에 우리가 가야 할 길이 있다고 했다.

그래서인지 수많은 세월 동안 우리 곁에 있는 말들을 생각하니 새삼스럽다. 일상에서 많은 사람이 공감하는 말들이 실은 경전의 말씀과 다르지 않고 오히려 생생하다. 나는 그중에 '콩 심은 데 콩 나고 팥 심은 데 팥 난다' 같은 인과율의 진리를 담고 있는 말들이 참 좋다.

미투와 적폐 청산을 두고 어느 스님이 이런 말씀을 하셨다. "업보에 시차는 있을지언정 오차는 없다." 이 명문에 무릎을 치며 나는 이렇게 화답했다. "업보에는 오차도 없지만 시차도 없다." 왜냐하면, 내가 누구에게 거짓말을 하면 당장 그 거짓말이 드러날 수도 있고 오랜 시간이 지나 드러날 수도 있다. 또 그 거짓이 묻힐 수도 있다. 타인과의 관계에서는 업보에 시차가 있다고 할 수 있다. 그러나 곰곰 생각해보자. 내가 거짓말을 하면 나는 즉시 거짓말을 한 사람이 된다. 거짓말을 하고 나서 사나흘 후에 내가 거짓말을 한 사람이 되는 결과는 있을 수 없으니까 말이다. 당연한 사실이 곧 진실이 아니겠는가.

'가는 말이 고와야 오는 말이 곱다'라는 속담은 이웃과의 관계에서 작동하는 매뉴얼이다. "성 안 내는 그 얼굴이 참다운 공양이요[面上無嗔 供養具]/ 부드러운 말 한마디 미묘한 향이로다[口裡無嗔吐妙香]"이라는 문수보살의 게송과 닿아 있다. '먹는 데서 인심 난다'라는 말을 늘 새기면서 암자를 찾는 벗들과 정성껏 차 한잔을 나눈다. 자비의 나눔이 그리 멀지 않음을 일상의 말들에서 실감한다.

그러고 보니 삶의 즐거움이 그리 어렵지 않음을 알겠다. 움켜쥔 손 다시 털어버리는 일, 무어 그리 어려울까. 우리 곁에 있는 말들과 함께 사는 일이 즐거움 아니더냐. (2018)

다른 길, 여러 길,
나만의 길

얼마 전 눈이 맑고 가슴이 따뜻한 시인이 고등학생 아들과
암자에 왔다. 차를 마시며 이런저런 말을 나누다가 앞으로
어떻게 살고 싶은지를 물었다. 학생은 대뜸 군인이 되고 싶
다고 답했다. 순간 아차 했다. 나는 '어떻게'를 물었는데 그
는 '무엇'으로 이해한 모양이었다. 앞길이 창창한 그가 어떻
게 삶의 의미를 찾을지, 어떻게 설렘과 감동으로 가슴을 채
울지가 궁금했는데 말이다. 꿈이 무어냐고 물으면 대개 직업
을 말하는 세상에서 새삼스러울 일이 아니겠다 싶었다.

　"시인의 아들이 전쟁을 준비하는 군인이 되겠다니 좀 당
혹스럽네." 모순이 있는 질문인지 알면서도 짐짓 그렇게 물
었다. 많은 시간이 앞에 있고 여러 선택을 할 수 있는 나이
에 왜 일찍 특정 직업을 말했는지 알고 싶었다. 학생의 생각

은 분명했다. 요즘의 취업 현실을 보니 군인이 안정된 직업 중 하나라는 생각이 들고, 군인연금이 탄탄하게 나오니 퇴직 후 노후를 불안하지 않게 보낼 수 있기 때문이라고 했다. 안정된 생업을 가지고 그저 평범하고 무난하게 살고 싶다고 했다. 가슴이 먹먹했다. 이런 아들이 안타까워 아버지는 여기에 왔으리라. 차담을 마무리하면서 나는 그가 숙고할 만한 나름의 화두를 건넸다. 그 화두는 '다른 길, 여러 길, 나만의 길'이다.

한 나라의 태자로 태어난 고타마 싯다르타의 길은 왕위 계승으로 정해져 있었다. 그러나 그는 다른 길을 선택했다. 왜 당연한 길을 포기했을까? 그 길이 자신에게는 맞지 않는다는 예감과 확신이 있었다. 세상 모든 사람은 누구나 노쇠와 소멸의 한계에 갇혀 있다. 그럼에도 멈추지 못하는 소유와 감각의 소비에도 갇혀 있다. 소유와 소비의 즐거움은 찰나일 뿐, 불안과 고통의 후유증은 길고 험하다. 또 사람과 사람이 모여 사는 모습은 어떠한가? 허구적 신화와 관념으로 계급과 신분을 만들어 사람이 사람을 억압하고 괴롭힌다. 그래서 싯다르타는 다른 길을 찾았다. 길은 하나만 있는 게 아니며, 나도 복되고 모두가 자유롭게 평온을 누릴 수 있는 여러 길이 있기 때문이다. 싯다르타는 자신에게 맞는 자신만의 길을 보았고, 그 길은 바로 출가였다.

출가는 사는 집에서 떠나는 삶을 말한다. 그런데 단순히 공간적 이동이나 종교적 선택만을 뜻하진 않는다. 삶의 가치와 방식의 큰 전환을 진정한 출가라고 한다. 그러므로 누구나 출가할 수 있다. 진정한 행복과 감동으로 자기 생애를 가꾸고자 하는 사람들은 결연한 의지로 출가를 선택해야만 한다.

오늘날에도 진정한 출가를 꿈꾸고 결행하는 사람들이 있다. 곳곳에서 대안을 찾아 새로운 살림을 모색하고 실현하는 공동체운동이 다름 아닌 출가자의 모습이다. 생각해보면 부처님과 예수님은 대안 공동체운동의 원조라고 할 수도 있겠다. "미래의 부처님은 공동체의 모습을 하고 오실 것이다." 플럼 빌리지plum village(1982년 틱낫한 스님이 프랑스 보르도 근교에 설립한 명상 공동체) 틱낫한 스님의 예언이다.

얼마 전, 지인이 도움이 될 것이라며 내게 《우린 다르게 살기로 했다》라는 책 한 권을 건넸다. "혼자는 외롭고 함께는 괴로운 사람들을 위한 마을 공동체 탐사기"라는 부제를 보고 이내 이심전심의 미소를 절로 지었다. 본문을 펼치지 않아도 '혼자서도 넉넉하고 함께하면 사랑이 넘치는' 삶을 지향하는 사람들이 보이는 듯했다. 펼쳐 보니 돈이 없어도 배울 수 있는 삶, 다른 사람의 시선에서 자유로운 당당한 삶이 보였다.

예수살이 공동체 '산위의 마을' 박기호 신부님이 한 말이 떠오른다. 행복한 현장에 대한 생생한 증언이다. "여기선 아이들 얼굴 보기가 어려워요. 그만큼 아이들끼리 재미있게 놀지요. 도시 사람들은 이곳 아이들이 심심해서 못 견딜 것 같다고 하지만 그렇지 않아요. 비교 대상이 많은 도시 아이들은 혼자 있는 것을 잘 견디지 못하지만, 비교 대상이 없으면 오히려 주어진 삶에서 재밋거리를 찾아 잘 노는 것 같아요. 어른들은 늘 비교하면서 불만을 토로하고 괴로워하고 타인을 부러워하지만, 아이들은 훨씬 그게 덜하고 잘 적응하면서 놀아요."

혼자서도 넉넉하고 함께하면 행복한, 다른 길과 나만의 길은 곳곳에 있다. "길은 가면 뒤에 있다"라고 하지 않는가. (2018)

시간의 회복,
소소한 행복

지난 한글날, 사흘간의 연휴를 맞아 아버지와 아들이 산중에
여행을 왔다. 기차와 버스를 번갈아 타고 온 부자는, 이번 여
행의 콘셉트가 느릿느릿 여유를 느끼며 감성을 충전하기라
고 했다. 산행을 가볍게 다녀온 부자는 손수 밥을 안치고 된
장찌개를 끓여 도토리묵과 갓김치를 차려놓고 저녁을 먹었
다. 설거지를 마친 뒤에는 장작불을 지핀 따뜻한 방에서 두
런두런 이야기를 나누다가 이내 책을 펴 들었다. 나란히 바
닥에 엎드려 책을 읽는 부자의 모습을 나는 밤이 깊도록 흐
뭇하게 지켜보았다.

몇 년 전 어느 정당의 대선 경선 후보가 내세운 슬로건이
생각난다. 아마 '저녁이 있는 삶'이었을 것이다. 크게 감탄했
다. 머리보다 가슴이 먼저 그 뜻을 알아차렸다. 그 슬로건을

보며, 성장과 소비의 악순환이 거듭되고 서로를 힘들게 하는 시대의 그물망을 읽었다. 그러고 온 가족이 모여 앉은 저녁 식탁의 풍경과 우리가 잊은 소박한 행복이 떠올랐다.

우리에게 행복은 무엇인가? 사람들은 한결같이 말한다. 행복은 거창하거나 멀리 있지 않다고. 높은 자리에 올라가고 돈을 많이 벌고 호화로운 집을 소유하고 명품을 소비하는 일이 아니라고. 남에게 보여주기 위한 행복이 아니라 스스로 가슴으로 느끼는 행복이 진짜다.

행복은 일생에서 일어나는 몇 번의 큰 사건과 결과로 얻어지는 것이 아니다. 일상의 작은 일에서 느끼는 기쁨이 행복지수를 높인다. 식구들이 아프지 않고 화목하게 서로 사랑하는 것, 차 한잔을 마시며 음악을 듣는 것, 책을 읽고 사색하고 성찰하는 것, 아이와 함께 꽃을 가꾸고 운동하는 것, 허물없는 친구들과 사소한 화제를 나누며 술잔을 기울이는 것, 가끔은 심심해하며 게으름을 즐기는 것…. 이런 소소한 일들을 온전히 누릴 때 우리는 비로소 행복하다고 말할 수 있다.

그런데 마음만 내면 얻을 수 있는 이런 행복들이 침범당하고 있다. 사회 조직과 시스템 안에서 성장과 성과를 내기 위해 속도를 올리고, 권력과 돈을 목적으로 한 인간관계의 끈을 잇기 위해 저녁이 있는 삶을 빼앗고 있다. 남보다 빠르게 성과를 내기 위한 '속도', 자본과 권력의 끈을 맺기 위한 '접대', 여기엔 '시간'의 희생이라는 공통점이 있다.

시간을 빼앗기는 것은 공간을 빼앗기는 것이다. 공간을 빼앗기는 것은 개인과 가족의 삶을 빼앗기는 것이다. 그리하여 집은 웃음과 대화가 넘치는 화목한 가정이 아니라 각자 피곤한 몸을 누이고 출근하는 숙소로 바뀐다. 재화의 총량을 늘리는 일을 멈출 줄 모르는 사회 구조가 개인 시간의 절대 빈곤을 만들어낸다.

생각해보자. 개개인이 쓸 수 있고 써야만 하는 저녁과 주말의 시간은 소중한 사유재산이 아닌가. 그렇다면 사유재산을 허락 없이 무단으로, 대가를 지불하지 않고 빼앗는 행위는 탈법을 저지르는 일이며 반칙이다.

산중에서도 개인의 시간을 앗아가는 일을 간간이 본다. 높으신 분이 휴가차 산사나 근처 민박 집에 머물면, 공무원이나 기업 지사의 직원들이 업무 시간에 찾아와 인사하고 접대하느라 바쁘다. 아랫사람들은 높으신 분 때문에 자기 할 일을 못 하고 개인적으로 누려야 할 시간마저 무단 침범당한다. 지금도 우리 사회 곳곳에서는 밤늦게까지 회식과 술자리가 벌어진다. 공적 지위를 이용한 무언의 위압, 실적 경쟁에서 이기기 위한 아부, 관계 맺기와 줄을 대기 위한 술자리로 소시민들의 간과 위가 시달리고 있다. 우리 시대의 슬픈 풍경이다.

미하엘 엔데의 소설 《모모》에는 인간의 시간을 사들이는 회색 신사가 등장한다. 회색 신사는 매사 불만에 가득 찬 이발사 푸지 씨를 찾아가 이렇게 유혹했던 것 같다. '시간을 아끼라고. 일을 서둘러 하고 불필요한 부분은 빼내라고. 금보다 귀한 시간을 낭비하지 말라고.'

과연 우리 시대의 회색 신사는 누구인가. 그리고 묻는다. 소위 아무짝에도 쓸모없다고 말하는 그것들을 쓸모 있게 쓸 수 있게 하는 시간, 우리를 행복하게 만드는 시간을 회복하려면 어느 방향으로 시선과 발길을 두어야 하는가. 개개인 삶의 새판을 짜기 위해 우리 사회는 어떻게 해야 하는가. 그 첫 매듭을 '시간의 회복, 소소한 행복'에 두면 어떨까. (2015)

참회하는 용기,
용서하는 용기

서울에 있는 지인을 만나고 돌아오는 골목길에서 전신주에 붙은 글을 무심코 읽게 되었다. "깨진 화병을 2018년 2월 10일 오후 7시 59분에 몰래 버리셨다가 3월 3일 오전 6시 4분에 가져가신 할머니, 감사합니다. 건강하세요." 뭔지 모를 신선한 느낌이 들어 스마트폰을 꺼내 찍어두었다.

그러곤 돌아오는 기차에서 글에 담긴 전후 사정을 헤아려 보았다. 아마도 근방에 사는 어느 할머니가 밤에 깨진 화병을 버렸던 모양이다. 그게 CCTV에 찍혔을 것이고, 어느 누군가가 아마도 전신주 자리를 깨끗이 하라고 메모를 남겼을 것이다. 그걸 안 할머니는 그 글을 보시고는 20여 일이 지난 뒤에 다시 집으로 깨진 화병을 가져갔을 터이다. 할머니의 정직하고 용기 있는 행동과 아울러 글로 감사를 전한 분의 마음을 느낄 수 있어서 흐뭇했다.

할머니는 창피를 당하는 불이익이 두렵거나 양심에 비춰보니 부끄러웠을 것이다. 경고의 글을 올린 이는 무안해하고 있을 할머니의 마음을 헤아렸을 것이다. 이렇듯 이심전심의 깊은 이치는 석가모니 부처님과 가섭존자 사이에만 있는 것이 아니다. 우리네 일상에도 흐른다. 참회와 용서 그리고 화해는 진심과 사랑으로 이루어짐을 새삼 실감했다.

수행승들이 지켜야 할 규칙에는 이런 조항이 있다. "용서하지 않는 것도 허물이다." 《아함경》에 나오는 말이다. 우리가 사는 세계는 늘 다른 견해와 이해 다툼으로 갈등한다. 부처님과 예수님의 시대도 예외는 아니었다. 그러나 인지혁명을 이룬 사피엔스의 위대함은 협동과 상생의 길을 찾는 데 있다고 하지 않는가?

협동과 상생을 이루는 바탕은 아마도 진심으로 성찰하고 부끄러워하는 일이리라. 그리고 진심으로 용서하고 사랑하는 일이겠다. 돌아오는 차 안에서 손을 모아 기도했다. '할머니! 더 건강하시길 바랍니다. 감사의 글을 쓰신 분! 복 많이 받으시길 바랍니다.' (2018)

물도 부처,
나무도 부처

비로소 산중이 고요하다. 산중 암자란 본시 한적할 터인데 왜 새삼 고요하다고 하는가. 지난 한 달 넘게 휴가철을 맞아 각지의 지인들이 사나흘씩 머물다 갔기 때문이다. 하루에도 대여섯 번 넘게 암자를 찾아온 세간의 벗들에게 차를 대접해야 하는 날들이 이어졌다. 오죽하면 내년 초봄까지 마셔야 할 대흥사 녹차綠茶가 바닥을 보였겠는가.

여름 내내 '산중 마담'º하느라 지치기도 했지만, 마음은 더

º 산중에서 수시로 손님을 모시기 때문에, 때로는 자조적으로 때로는 자족적으로 스님들은 이런 표현을 쓰곤 한다. '산중 기생'이라는 말을 더 자주 쓴다.

없이 흐뭇했다. 벗들과 차를 마시며 나누는 이런저런 대화로 몸과 마음이 청신해지니 '참 좋은 인연이구나' 싶었다. 일기일회一期一會! 지금 이 순간, 단 한 번의 만남이 모여 삶을 이어가고 역사를 만든다고 생각하면 한순간도 소홀할 수 없다.

올여름은 청소년들과 이야기 나누는 기쁨을 누렸다. 호기심 많고 파릇파릇한 감수성을 가진 아이들에게 산에 온 소감을 넌지시 물었다. 아이들은 딱히 무어라 표현할 순 없고 그냥 좋다고 했다. 파란 하늘, 흰 구름, 새소리, 물소리에 몸을 맡기니 근심 걱정이 절로 사라졌을 것이다. 잡념이 깨끗이 사라진 무념무상無念無想의 경지를 아이들은 몸으로 느끼고 있었다. 인터넷을 사랑한다는 한 아이는 모니터로 보는 자연과 실제 눈으로 보는 자연의 차이를 이제 알겠다고 했다. 입가에 절로 미소가 번졌다.

내가 물었다. "우리가 지금 이 순간 무엇 덕분에 기분이 좋고 행복할까?" 한 아이가 답했다. "나무와 꽃과 시원한 바람이 있어서 행복해요." 이어 내가 물었다. "이것들이 곁에 없거나 아프면 어떻게 될까?" 그러자 아이들의 표정이 진지해졌다. 마음에 작은 파문이 인 듯했다. 낱낱이 설명하지 않아도 사람은 만물과 더불어 살아야 한다는 것, 그리고 사람만 살려고 다른 것들을 따돌리고 함부로 대하면 사람도 결코 건강하게 살 수 없음을 느꼈을 것이다. 학교에서 교과서로 무수히 듣고 배웠을 테지만 아이들은 숲에서 생생하게 '더불어 생명'을 실감했다.

내친김에 개미 연구의 세계적 권위자인 생물학자 에드워드 윌슨의 생각을 대략 간추려 들려주었다. 그러면서 나는 이런 생각을 했다. '인간은 자연의 일부로 다른 종들 사이에서 진화한 하나의 종이다. 인간이 다른 생물 세계와 분리된 채로 번영할 수 있다는 건 헛된 망상이다. 인간은 생물 다양성을 존중해야 하고 모든 구성원을 값 매길 수 없는 귀중한 자산으로 판단해야 한다. 그러므로 어떤 종도 멸종되도록 방치하면 안 된다.'

아이들에게 이렇게 말했다. "개미나 사람이나 모두 똑같은 가치와 존엄을 가진 존재다. 누각 아래 연못에 사는 물고기, 활짝 핀 수련, 물 위에 떠다니는 보이지 않는 미생물까지도 생명이라는 가치에서 볼 때 똑같은 존재다." 연못을 바라보는 아이들의 눈빛이 한층 깊어진 듯했다.

한 아이가 말했다. "대흥사에 올 때 아름다운 10리 숲길이 있었는데 거기 가득한 쓰레기를 보고 놀랐어요. 나쁜 사람이 너무 많아요." 내가 아이에게 물었다. "요즘 사람들 대부분 고등학교와 대학교 교육까지 받는데 왜 그렇게 행동할까?" 그러자 답이 줄줄이 나왔다. "도덕과 교양이 없어서요." "준법 정신이 모자라기 때문이죠." "숲을 찾는 다른 사람에 대한 배려심이 없으니까요." 귀찮아서 그랬을 거라는 답도 있었다. 그 가운데 "생각 없이 행동했을 것"이라는 말에서 우리 아이들이야말로 바르게 생각하고 있음을 알았다.

아이들은 질문을 받으면 기계적으로 답하지 않는다. 생각하며 말한다. 대화와 토론을 이어가던 나는 하나라도 더 가르치고 싶은 훈장 기질이 발동하여 일수사견一水四見이라는 사자성어를 들려주었다. 일수사견이란, 하나의 물을 네 개의 시선으로 바라본다는 의미다. 천상에서는 유리 궁전으로, 인간은 마시는 물로, 아귀는 피고름으로, 물고기는 자유로이 헤엄치는 공간으로 물을 본다. 같은 사물을 각자의 욕구와 의도로 바라보고 행동한다.

그렇다면, 첨단 문명 시대에 유정有情과 무정無情의 만물을 어떻게 바라봐야 하는가. 이제는 자연이 우리의 삶을 풍요롭게 하는 고마운 존재라는 단순한 인식을 넘어서야 하지 않겠는가. 이런 생각은 자칫 실용적이고 도구적으로 자연을 대하는 한계를 벗어나지 못하게 한다. 삼라만상은 '그 자체'로 '존엄'한 것이 아니겠는가. 존엄한 그를 어찌 함부로 대할 수 있겠는가. (2015)

똑같은 길,
많이 같은 길

불청우不請友라는 말이 있다. 중생이 청하지 않더라도, 아픔이 있는 곳, 도움이 필요한 곳을 찾아가는 벗을 말한다. 중생의 구제를 우선하면서 깨달음을 구현하는 보살의 마음 씀이 불청우의 처신이라 할 수 있다. 나는 늘 이 말을 새기며 사정이 어렵더라도 의미 있는 부름이 있으면 기쁜 마음으로 응한다.

가을 산색이 곱게 물들기 시작한 지난 10월 강원도 홍천에서 뜻깊은 초대장이 왔다. 기독인들의 모임인 '밝은누리' 공동체의 벗들이 인문학 강좌를 열고 나를 불렀다. 이틀에 걸쳐 열 시간을 훨씬 넘는 일정이었다. 놀랍고 반갑고 고마웠다. 이웃 종교와의 대화는 익숙하지만 이렇게 긴 시간을 내어 강의하기는 처음이었다. 초대를 받고 잠시 생각했다.

이웃 종교에 대해 비교적 분별심과 적대감이 적은 불자들은 스님들이 성당이나 교회와 교류하는 일을 좋게 여긴다. 그럼에도 막상 신부님과 목사님을 절에 초청해서 말씀의 자리를 마련하면 호응이 약한 편이다. 차이를 인정하고 우호적이지만, 열린 마음으로 '배우려는' 노력은 부족한 편이다. 그래서 밝은누리의 초대는 놀랍고 특별했다. 그분들은 서울과 홍천에 공동체를 꾸리고 있다. 홍천의 공동체에는 중학교 과정과 고등·대학교 통합 과정의 대안학교가 있다. 자신과 사회를 다른 차원에서 가꾸고 있는 대안 교육이다.

밝은누리는 이름에 걸맞게 밝고 따뜻하고 겸손하고 소박했다. 불필요한 소유와 소비로 존재의 기쁨을 구하지 않고 공부와 사랑으로 삶의 누리를 누리고 있었다. "반갑습니다. 스님 강의를 들으려고 나름 《화엄경》과 《법화경》도 읽으며 예습했습니다." 예습이라니…. 일부 사람들은 귀동냥으로 배운 지식을 가지고 인문학 강의를 듣곤 하는데, 그분들은 생소하고 어려울 수 있는 불교 경전을 공부하고 왔다고 했다. 그 정성에 내심 감복하지 않을 수 없었다. 공부란 마음가짐과 마음 씀이 전부가 아닌가.

"부처님과 예수님의 생각을 바로 읽으려면 그분들 또한 당시에 '지금, 여기, 나, 우리'와 함께 살았다는 사실에서 출발해야 합니다." 이 말로 강의를 시작했다. 강의 주제는 '해체와 상상'이었다. '우리 모두가 자유와 평안과 기쁨의 밝은누리를 이루려면 우리 삶을 속박하는 내면과 시대의 어둠을 통찰해야 한다. 그리고 해체해야 한다. 번뇌를 해체하면서 서로 연민하고, 사랑의 문화를 상상하고 꽃피워야 한다'라는 논지로 불교의 공空과 연기緣起의 화엄 세계를 설명했다.

"화엄 세계란 여러 다른 꽃들이 모인 장엄한 세상입니다. 바로 여러분들이 형형색색의 꽃들입니다." 서로 소통하면서 대동소이와 화이부동의 관계로 함께 사는 세상이 현세에서의 천국이고 극락임을 새삼 확신했다.

서로 공감하고 교감하면서 세상을 보는 눈이 더 깊어지는 즐거움이 컸다. 그런데 정작 내 가슴을 울린 감동은 다름 아닌 경청하는 모습이었다. 그들은 무려 세 시간 동안 의자가 아닌 맨바닥에 앉아 휴식도 없이 꿈쩍하지 않고 강의를 들었다. 어떤 선입견 없이 집중했다. 그들의 모습은 귀를 겸손하게 기울이는 경청이었다. 그들의 표정은 진지하고 생생했다. 듣는다는 것은 믿음과 존중으로 배우고자 하는 공경의 경청임을 확인했다. 배우려는 사람의 몸가짐을 온몸으로 체감했다. 일방이 말하고 일방을 가르치려는 오늘날 '말의 광장'에서 나는 그날의 모습을 떠올린다. 새삼 말을 잘한다는 의미가 무엇인지 되뇐다.

이틀 동안 먹은 식사도 신선했다. 음식은 소박했으나 사랑을 나누며 함께 먹는 밥상은 진수성찬이었다. 식사 전 기도문에는 하나님이라는 단어는 없었고, 바람과 비와 흙과 물과 농부님의 은혜를 생각하는 감사의 마음이 담겨 있었다. 예수님의 정신으로 가꾸는 공동체임에도 어떤 종교적 상징물도 보이지 않았다. 강의를 마치고 작별 인사를 나누는데, 한 분이 가면서 드시라고 봉지를 건넸다. 자신들이 직접 가꾸고 만든 옥수수와 고구마와 떡이었다. 음식에 담긴 사랑과 마음이 보였다.

우리가 가꾸어야 할 밝은 누리는 어떤 모습일까? 그 길은 서로 크게 다르지 않다. 정반대에 서서 잘못된 길을 가기를 원한다고 말하는 사람은 극소수다. 우리의 길은 똑같지는 않지만 대체로 같고 함께 가야 하는 길 아닌가. (2019)

나에게
이런 사람 있는가

"구멍이 숭숭 뚫린 제주도의 담벼락을 보며 빈틈의 유용함을 생각한다. 틈을 용납하지 않으면 균열이 되고 말리라. 완벽하게 쌓아 올린 가치와 빼곡히 채운 시간이 어느 순간 자신을 옥죄어 작은 바람에도 견디지 못하고 흔들리게 되리라. 바람길을 만들어줘야 들숨 날숨이 드나들고, 생각도 마음도 인연도 사람도 자유롭게 노니는 집이 되리라."

책과 술과 차와 사람을 좋아하는 은정 씨가 제주도 여행길에서 보내온 글이다. 수수한 은정 씨는 소박한 일상을 사랑하고 즐기는 사람이다. 출가 수행자인 나를 친한 '동네 오빠'라고 생각한다. 내 기분이 아니 좋을 수 없다. 그는 근자에 카톡에 '서투른 희망보다 여유로운 직시'라는 문패를 달았다. 사유와 성찰과 인문학적 내공이 느껴진다.

이 문패를 대하면서 홀연 추사 김정희 선생이 떠올랐다. 그리고 8년 동안 제주도에서 유배 생활을 한 김정희 선생을 찾아가 그와 함께 머문 초의 선사와 조선 후기 서화가 소치 허련을 자연스레 떠올렸다. 이런 연상이 든 이유는 단순히 제주도라는 연고성 때문만은 아니다. '틈을 용납하는 빈틈의 유용함'이 바로 김정희 선생과 초의 선사에게 해당하는 말이기 때문이다.

김정희 선생과 초의 선사의 금란지교는 익히 알려졌다. 단순히 학문과 차를 나누며 교유한 것이 아니다. 더 깊이 교유의 행간을 들여다보면 빈틈 사이로 두 사람의 바람길과 들숨 날숨을 만날 수 있다. 그 빈틈 사이로 그들의 생각도 마음도 인연도 자유롭게 오갔다. 그들 사이의 빈틈은 어느 것도 감출 수 없고 감출 일 없는 믿음과 사랑이다. 그들은 자연스레 서로 무장을 해제했다. 그들은 권력과 명예를 다툴 일이 애초에 없었다. 지식을 자랑하고 애써 자신을 포장할 필요가 없었다. 서로가 서로에게 진솔했기에 자신의 한계와, 다른 이에게 하소연할 수 없는 속내를 드러내었다. 우리는 김정희 선생이 초의 선사에게 보낸 편지에서 빈틈의 들숨 날숨을 읽을 수 있다. 불교를 억압하는 유교 사회 분위기 속에서 그들이 우정을 나누었다는 사실이 놀랍다. 신분과 사상의 경계를 뛰어넘은 그들의 교유가 새삼스럽다.

김정희 선생은 불교에 남다른 애정을 가졌다. 그리고 불교 세계에 깊이 심취했다. 젊은 나이에 학림암에서 해붕 대사와 불교철학의 진수인 공 사상에 관해 토론할 정도였다. 제주도로 유배를 떠나는 도중 일지암에 묵은 그는 달마 대사의《관심론》과《혈맥론》에 대해 초의 선사와 견해를 주고받았다. 또 제주도에서 초의 선사에게 보낸 편지를 보면《법원주림》과《종경록》에 대해 토론해보고 싶다고 했다. 이런 전적은 선 사상을 논한 글들이다. 경전에 대한 깊은 천착이 없다면 읽을 수 없는 어록들이다. 또 김정희 선생은 백파 선사의《선문수경》에 대해 이른바 〈백파 망증 15조〉를 공개적으로 던지며 논쟁했다. 김정희 선생의 불교 인연은 집안의 내력이기도 하다. 그의 증조부 김한신은 예산에 화암사를 창건했다. 또 김정희는 〈가야산 해인사 중건 상량문〉을 쓰기도 했고, 여러 스님의 화상에 찬을 하기도 했다. 200개가 넘는 호중에서 불교적 이름도 많다. 병거사病居士, 정선靜禪, 불노佛老, 단파檀波가 그것이다. 단파는 범어 '단나파라밀檀那波羅蜜'을 음차한 이름이다. 보시란 뜻이다. 김정희 선생은 생애 마지막을 서울 봉은사에서 지냈으며, 불교에 귀의하는 수계를 받기도 했다. 이런 사실은 상유현의《추사방견기》에 기록되어 있다.

김정희 선생은 당대의 금석학자요, 고증학의 대가다. 그의 탁월한 글씨를 보고 중국의 서예가들도 혀를 내둘렀다. 그런

천재 김정희 선생은 단 한 사람 초의에게는 그저 어린아이였고 응석받이였다. 늘 엄정하고 완벽주의자에 가까운 그도 숨 쉴 공간이 필요했던 것일까? 김정희 선생이 초의 선사에게 보낸 편지에는 늘 장난이 가득하다. 초의 선사가 보낸 편지와 차를 받고서, 차가 맛있는 까닭은 오직 차에게 있지 스님과 스님의 편지에 있지 않다고 너스레를 떤다. 산중에서 뭐 그리 바쁜 일이 있기에 편지 한 장 없느냐고 그리움을 은근히 내비친다. 나아가 스님을 보고 싶어 눈병이 날 지경이라고 솔직하게 속내를 털어놓는다. 두어 해가량 차를 보내지 않았는데 이번에도 보내지 않으면 고함과 몽둥이를 피할 길이 없다고 협박한다.

김정희 선생과 초의 선사의 사이를 생각하면서 묻는다. 나에게 이런 사람 있는가. (2018)

그 많은 고무신을
누가 빛나게 닦았을까

세간의 지인들이 답답한 심정을 털어놓는다. 사연인즉 종업원들 눈치를 보느라 속이 상해 장사를 못 하겠다는 것이다. 다른 곳에서 조금이라도 좋은 조건을 제시하면 말미도 주지 않고 떠난다고 한다. 기분이 상했다 싶으면 온종일 까칠한 분위기를 만들어 마음을 불편하게 한다고 한다. 그간 나름 배려하며 쌓은 정이 무너지고, 사람에 대한 믿음이 사라져 괴롭다고 한다. 고용계약서상으로는 갑과 을이지만 종업원의 심기를 살피느라 자신들이 을이라고 한다. 달리 할 말이 없어 옛 사람의 말씀 한 구절을 건넸다. 그러나 좋은 말은 당사자에게 잠시의 위로를 주겠으나, 근본적인 해결책이 되지는 못한다. 갈등은 한쪽이 아닌 양쪽에서 벌어지기 때문이다.

　이런 사연을 듣다보면 반대 사례가 절로 생각난다. 작년

겨울, 이웃 마을 지인의 집에서 두 달여 동안 절임 배추 작업을 도왔다. 일손이 부족하여 몽골에서 온 부부가 함께했다. 농촌 일은 출퇴근 시간을 정해놓고 하루에 딱 여덟 시간만 할 수 없다. 어떤 때는 열네 시간도 일해야 한다. 그런데도 그분들은 참 건실하게 일했다. 무리하지 말라고 해도 괜찮다고 하며 오히려 주인아주머니가 힘든 일을 하면 나서서 떠맡았다. 부부는 내 일이라 생각하고 웃는 얼굴로 일했다.

몽골에 두고 온 아이들이 보고 싶어 영상통화를 하며 울기도 했다. 그럴 때 곁에 있는 우리도 함께 눈물을 흘렸다. 일이 마무리될 때 부부의 마음 씀이 고마워 계약보다 많은 사례금을 주었다. 그들이 떠날 때 우리는 가슴에서 솟는 눈물을 막을 수 없었다. 그해 독한 추위 속에서 우리는 따뜻했다. 서로가 근로 계약 조건으로 대하지 않고 고마운 존재로 마주했기에 법과 돈으로 살 수 없는 사랑과 행복을 얻은 셈이다.

사람이 살아가는 세간은 늘 견해가 다르고 이해관계가 다르기에 갈등과 충돌이 일어난다. 그 갈등과 충돌이 커져 사회 문제가 되면 법과 제도로 조정한다. 최저임금법과 임대차 보호법 등이 그런 처방이다. 이른바 법과 제도라는 구조적 모순으로 발생한 불이익은 법의 보호로 해소해야 한다. 그러나 다른 차원에서 생각해본다. 과연 법 하나로 사람과 사람이 '사이좋은' 관계가 될 수 있을까? 비록 법이 미비하더라도 늘 얼굴을 마주하는 사람들끼리 환하게 웃고 따뜻한 마음을 나눌 수는 없을까? 법이 완전하다고 하여 위로와 기쁨을 주는 가슴이 저절로 열릴까?

지금도 수십 명이 사는 산중의 수행처에는 주인이 닦지 않았는데도 흰 고무신들이 햇살을 받아 반짝이며 줄지어 늘어선 모습을 볼 수 있다. 서로 말하지 않아도 누가 그 고무신을 닦았는지 안다. 그런데 많은 고무신을 닦는 스님은 좀처럼 티를 내지 않는다. 절집에서는 이런 스님을 '밀행보살'이라고 한다. 법과 돈이 아니어도 부드러운 서로의 손길이 사람 사이를 훈훈하게 한다. 여지가 있는 삶이 필요한 시절이다. (2018)

노래 못해도
충분히 멋진 사람

"아니! 음치인 줄 익히 알고는 있었는데, 인제 보니 박치네요." 몇 해 전 도반 스님이 건넨 핀잔이다. 어느 불교 행사에 의식 집전을 하는데 《반야심경》을 따라 하는 불자들이 나의 들쭉날쭉한 목탁 연주에 박자를 맞추지 못한 모양이다. 그때 처음 알았다. '내가 음치와 사이좋게 박치까지 겸비했구나.' 서툴다 못해 아둔한 품새는 한두 개가 아니다.

그중에서 노래는 단연 압권이다. 초등학생 시절에는 소풍날 폭우가 쏟아지기를 기도했다. 음악 시간은 가슴 졸이는 시간이었다. 중학생 시절 2년 동안 교회에 다녔는데 간절한 신심으로 찬송가를 부르면 주변에서 웃음을 참지 못했다. 절에서는 노래하는 고통이 없을 줄 알았는데, 웬걸! 어인 찬불가? 지독한 음치이기 때문에 대흥사에서는 후배 스님들이 의식

할 때 염불을 크게 하지 말라고 조심스레 주문하기도 한다.

이렇듯 매사에 사는 일이 어설픈지라 '치癡'에 해당하는 항목이 여러 개다. 간단한 조립도 못 하는 기계치, 수없이 가 본 길도 못 찾는 길치, 열 번 이상을 만난 사이인데도 장소와 옷이 달라지면 못 알아보는 사람치, 내가 쓴 글씨를 며칠 후에 못 읽는 글자치. 그래서 20대 초반에 승복을 입고 타자 학원에 다닌 적도 있다. 오죽하면 서예 선생이 "스님같이 재능 없고 실력이 늘지 않는 사람은 처음"이라며, 가르치기를 포기했겠는가. 그리고 방과 옷장을 단정하고 체계적으로 못 챙기는 정리치이기도 하다.

악기 하나쯤 배워 연주하고 싶은데 이번 생에는 틀린 것 같다. 내가 책 보는 일에 재미 들렸으니 누구는 조선 후기 실학자 이덕무가 말한 "간서치看書癡"라고 위로하기도 하는데, 세상 물정에 어둡고 무책임한 사람은 아니니 그에 해당하지는 않는다. 말하고 글 쓰는 재능마저 없었다면 아마 부모님을 원망하고 인생을 절망하기도 했을 것 같다.

어떤 재능이 있으면 세상 사는 일에 매우 유익하다. 자신도 즐겁거니와 다른 이들에게도 기쁨을 주기 때문이다. 예능과 기예에 능한 사람들을 보면 늘 부럽다. 그런데 어느 때 우연히 부안 내소사에서 해안 선사의 시를 접하고 생각을 바꾸었다. 해안 선사는 〈멋진 사람〉이라는 시에서 특별한 재주가 없어도 누구나 일상을 기쁘게 살아갈 수 있다는 믿음을 말했다. 이 시의 3행을 변주해보면 이렇다. '누군가가 밟은 꽃잎을 보고 안타까워하며 새가 우는 소리에 공감한다면 예술가가 아니어도 행복하지 아니한가.'

노래를 못해도 감흥에 젖어 흥겨울 수 있고, 글을 못 써도 책을 읽고 내용과 의미에 공감할 수 있다. 누구든지 마음을 다해 눈을 뜨고 귀를 열면 온갖 아름다움과 사랑을 누릴 수 있는 감수성이라는 특별한 재능이 보일 것이다. 감성 지수를 높이는 일이 최고의 재능이고 복락이겠다. '창에 스미는 달빛을 볼 줄 아는 이는 공부를 잠시 쉬어도 좋겠다.' (2017)

땅끝마을
명랑 남매

얼마 전 일지암이 자리한 두륜산 너머 장전리 마을에서 열리는 잔치에 초대받았다. 귀촌한 어느 선남선녀가 연을 맺고 집들이 겸하여 혼인식을 올리는데 축사를 해달라고 내게 청을 넣었다. 3년 전부터 일지암에 자주 오는 한 쌍이다. 나이가 좀 든 신랑은 도시의 지인들과 마을 사람들을 모셨다. 사물놀이로 길을 열면서 잔치를 시작했다. 다양한 장르의 음악과 더불어 익살스러운 객담이 오가며 흥겹고 정겨웠다. 선남선녀의 앞날을 위해 짧은 축사를 했다.

"여러분, 이 세상에서 제일 귀한 사람이 누구라고 생각하십니까? 부처님과 예수님일까요? 그렇게 생각하실 분이 많겠지요. 그런데, 여러분이 큰 병에 걸려 한밤중에 고통스럽게 몸부림칠 때, 부처님과 예수님이 당장 달려오겠습니까?

아무리 부르고 기도해도 두 분은 오시지 않습니다. 그럼 누가 병원으로 급히 모실까요? 바로 곁에 있는 사람입니다. 부처님과 예수님이 신통력으로 여러분을 병원으로 모시지 않습니다. 119구급대원이 모십니다. 또 부처님과 예수님은 아픈 여러분을 수술하지 못합니다. 의사가 여러분의 병을 고칩니다. 이 세상에서 제일 귀한 사람은 바로 내 곁에 있는 사람입니다. 그러니 생각해보십시오. 내 곁에 있는 배우자가 수호자이고 구원자입니다. 119구급대원이 인로왕보살引路王菩薩(길을 인도하는 보살)입니다. 의사가 약사여래 부처님입니다."

달라이 라마 존자의 법문을 각색하여 축사했다. 선남선녀의 앞길에 가시밭길이 펼쳐져도 그 속에서 아름다운 꽃이 피기를 간절히 기원하는 마음을 담았다.

그런데 그날 혼인식이 진행되는 마당에서 진풍경이 펼쳐졌다. 하객 중 어린이 한 분이 감나무에 올라가 잔치 구경을 하였고, 모두 웃으며 흐뭇하게 아이를 바라보았다. 사실 이 아이가 나무와 담장을 오르는 모습을 자주 보았다. 이 아이는 일지암에 오면 높은 돌담을 장비도 없이 오른다. 나름 암벽 등반을 즐기는 것 같다. 이 아이의 이름은 최영홍, 초등학교 4학년생이다. 땅끝마을에서 영홍이는 여동생 유진이와 함께 유명 인물이다. 큰 형 최영훈 군은 의젓하다. 가수로 제법 이름을 날리고 있다. 영홍이와 유진이는 음악적 재능이 뛰어나다. 평소 못 말리는 개구쟁이지만 무대에 오르면 진지하고 열정적으로 노래를 부른다. 그런 영홍이는 노래가 끝나면 금세 갖은 장난을 칠 궁리에 여념이 없다. 여하튼 영홍이는 해남, 진도 등지에서 열리는 공연에 출연하여 사람들을 기쁘게 해준다. 어린이가 부르기 때문에 인기가 있는 것이 아니라 실제로 높은 음악성으로 공감과 감동을 선사한다. 세월호의 아픔이 사라지지 않은 팽목에서도 공연했다. 얼마 전에는 '해원'이라는 남도 음악 모임에서 공연을 했는데, 청중 500여 명 앞에서 조금도 주눅이 들지 않고 노래를 잘 불러 큰 박수와 환호를 받았다.

영홍이네는 해남으로 귀촌한 가족이다. 어머니는 학교 선생님이고, 선생님이었던 아버지는 살림과 육아를 전담하고 있다. 아버지는 작은학교 살리기에도 열심이다. 일지암 일도 잘 도와준다. 오늘도 마른 소나무를 잘라 찻상과 의자를 만들어 멋진 찻자리를 만들었다. 푸른 신록의 생살이 돋아나는 두륜산을 감상하며, 연못 옆에 마련한 야외 카페에서 갓 돋은 찻잎을 따서 싱그러운 차회를 즐겼다. 영홍이 가족은 해남살이가 매우 즐거운 것 같다. 특히 아이들 교육 환경에 매우 만족하는 듯하다. 아이들이 말을 잘 듣지 않으면 아버지는 이렇게 말한다. "너희들, 그러면 외할아버지 계시는 부산으로 이사 간다." 이런 협박에 아이들은 쥐 죽은 듯 꼬리를 내린다. 3남매는 참 명랑하고 정겹다. 그리고 나름 예의도 바르고 마음 씀도 섬세하다. 무엇보다도 몸이 부지런하다. 몸 쓰는 일을 꺼리지 않고 즐긴다. 요즘 아이들이 스마트폰 화면에 몰입하여 몸을 움직이려 하지 않는 모습과 비교하면 신통하다.

작년 여름 기억이 생생하다. 내가 앞의 글을 통하여 소개한 '땅끝 차 여사댁' 밭에서 감자 캐기 울력을 하는 날이었다. 워낙 밭이 넓고 수확량이 많아 열대엿 명이 모여 감자 캐기에 동참하였다. 햇볕은 따갑고 날은 후텁지근했다. 나와 함께 수시로 차 여사댁 식객을 자처하는 여러 사람이 모였다. 소리꾼과 사물놀이패, 선생님들, 한동네 사람들, 광주에서 온 사람들이 일손을 모았다. 영홍이 아버지와 3남매도 팔을 걷어붙였다. 3남매를 보고 동네 할머니와 아주머니가 매우 좋아하셨다. 아이들이 일하러 밭에 왔다는 사실 자체가 기특하고 신통하기 때문이다. 그러면서도 내심 '애들이 하면 얼마나 하겠어?'라고 생각했다. 그런데 웬걸, 일하는 품새가 제법이었다. 대충 일하고 장난치다가 한두 시간 지나면 슬그머니 빠지겠지 했는데, 뙤약볕 아래서 어른들과 함께 진지하고 진득하게 감자를 주워 담았다. 한 할머니가 감탄했다. "오메, 오메, 저것들 좀 봐. 요새 애들이 아니네. 요새 애들이 아녀." 왜 그리 감탄하는지 슬쩍 곁눈으로 봤는데 그럴 만했다.

감자를 캐면 먼저 삼태기에 담는다. 삼태기가 가득 차면 큰 마대 자루에 넣고 트럭에 싣는다. 그런데 할머니들은 무거운 마대 자루를 들어 트럭에 싣기가 쉽지 않다. 3남매는 자기들 삼태기에 감자를 담으면서 틈틈이 곁눈으로 할머니들의 삼태기를 살폈다. 할머니들이 삼태기에 감자를 다 담으면 재빠르게 달려가 마대 자루에 넣었다. 이러니 3남매가 오지고 귀엽지 않겠는가. 요새 애들이 아니라는 말이 딱 맞다.

그런데 애들은 애들이었다. 화기애애한 분위기가 이어지던 중 돌발 사태가 생겼다. 영홍이 동생 유진이가 서럽게 훌쩍였다. 공개해서 미안한 이야기지만, 사실 초등학교 2학년생인 유진이는 울음 공주다. 재미있게 놀고 웃다가 마음이 상하는 일이 생기면 급 울음을 터뜨린다. (유진이의 취미는 오빠들 괴롭히기다.) 그런데 유진이는 울다가 웃는 간격이 매우 짧다. 여하튼 한여름 감자밭에서 유진이가 운 이유는 그놈의 '돈' 때문이었다. 애들이 일하는 게 예뻐서 할머니 한 분이 만 원씩을 영홍이에게 주고 유진이에게도 주려 했는데, 아뿔싸! 할머니 주머니에 돈이 만 원밖에 없었다. "오메, 어쩐다냐. 돈이 없네, 아가야, 미안하다." 그러나 때는 이미 늦었다. 입을 삐죽삐죽하던 유진이가 급기야 서럽게 훌쩍였다. 모두 어쩔 줄 모르고 곁에 있는 영홍이는 못내 난처한 표정이었다. 그래도 한번 주머니로 들어온 수입을 쉽게 내줄 순 없는 법, 영홍이는 꿋꿋하게 돈을 지켰다.

힘겹지만 즐겁게 일하다가 마침내 밭일 재미의 최고봉, 새참 먹는 시간이었다. 수려한 두륜산과 훤히 트인 들판을 바라보며 맛나게 수박과 막걸리를 먹으며 정담을 나눴다. 그때 어김없이 영홍이가 본업 기질을 발휘했다. 나무 그늘이 드리워진 바위에 올라가 맘껏 목청을 뽑으며 노래했다. 매미들이 설 자리를 잃을까 은근 걱정했지만, 여하튼 영홍이의 노래는 피로를 확 풀어주었다. 영홍이는 높은 곳만 있으면 올라가고 시키지 않아도 흥이 나면 노래한다. 이만한 복이 없다. 사람과 사람이 어울려 일하고 노래하니 별유천지別有天地가 한가한 곳에만 있지 않다.

어느덧 해가 저물고, 서로가 손을 모은 덕분에 큰 감자밭이 말끔해졌다. 마무리하는데 동네 할머니 한 분이 감탄했다. "워따! 저놈 보게, 하는 짓이 속이 꽉 여문 놈이네." 왜 그런가 보니, 맏아이 영훈이가 큰 밭을 두루 살피면서 감자 이삭을 줍고 있었다. 그날 우리는 품삯으로 감자 한 포대씩을 푸짐하게 받았다. 저녁에 영홍이 아버지가 사진 몇 장을 보내왔다. 그날 품삯으로 받은 감자를 쪄서 가족들이 모여 맛나게 먹는 모습이었다. '애들에게 이 감자가 얼마나 맛있었을까.' 굳이 《화엄경》의 "한 티끌에 삼라만상 우주가 담겨있다[一微塵中含十方]"라는 말을 설명하지 않아도, 아이들은 그 이치를 몸으로 깨달았을 듯하다. 아! 일미一微를 일미一味로 바꾸면 훨씬 실감하겠다. (니들이 이 감자 맛을 알아?)

3남매는 내 앞에서 거리낌이 없다. 몸짓도 말도 서슴없다. 나는 은근 기분이 좋다. 앞에 이야기한 혼인식에서 있던 일이 또 떠오른다. 그날 나는 영홍이에게 한 방 맞았다. 잔치가 끝나고 다들 마당에 모여서 땅끝 차 여사님이 마련한 남도 음식을 뷔페식으로 먹었다. 접시에 음식을 담고 있는데 영홍이가 "고기도 많은데"라고 말하며 나를 살폈다. 나물과 함께 부침개 몇 가지를 담았다. 그때 영홍이가 큰 소리로 외쳤다. "야! 스님이 살생했다." 햄과 굴 부침개를 보고 한 말이었다. 이놈은 그렇게 말하곤 아주 재미있다고 웃었다. 내가 아주 만만하고 나를 놀리는 재미가 쏠쏠한 모양이다.

요즘은 워낙 깔끔한 환경을 좋아하는지라 많은 사람이 벌레를 아주 싫어한다. 그런데 3남매는 벌레 앞에서도 거리낌이 없다. 감자를 캐다가 지렁이를 보면 손에 올려놓고 쓰다듬고 만지며 같이 논다. 마치 제인 구달의 어린 시절을 보는 듯하다. 이런 아이들 곁에 또 신통한 두 사람이 있다. 바로 3남매의 어머니와 아버지다. 아이들이 나를 놀리고 몸 장난을 걸어오면, 대다수 부모들은 "스님께 그러면 안 돼"라면서 아이들을 말린다. 나무나 담벼락을 타고 오르면 위험하다고 못 하게 한다. 그런데 3남매 부모는 그저 지켜본다. 내가 찻상 앞에서 차를 내려고 하면 아이들이 서로 "내가 팽주烹主할 거야" 하고 내 자리를 밀어낸다. 팽주는 차를 우려서 나누어주는 사람을 말한다. 엄숙한 찻자리에서 떠들며 재미나게 차를 우려도 3남매 부모는 말리지 않는다.

나는 평범 속에서 비범을 본다. '그저 지켜보는 일, 뭐든지 생명의 약동을 지켜보는 일, 이런 모습이 참교육이구나.' 간섭을 관심이라고 생각하고, 잔소리를 배려라고 생각하고, 거리낌 없는 몸짓을 버릇없고 위험하다고 생각하는 생각이야말로 착각이다. 모든 생명의 원천은 넘치면 내뿜는 기운찬 약동이다. 대개 이런 생명의 약동은 변방의 삶터에서 원활하다. 나는 아이들이 이렇게만 커가기를 바란다. 함께하는 어른들이 다만 그렇게 그윽한 눈길로 지켜보기를 바란다. 삶의 신비와 기적은 저 멀리에 별스럽게 있지 않음을 깨닫는다.

그나저나 앞으로 영홍이 눈길 무서워서 어찌 사나? "야! 스님이 살생했다." (2019)

술맛과
차 맛의 차이

4월 하순부터 5월 중순까지 땅끝마을 대흥사의 스님들과 아랫마을 사람들의 손길은 차분하면서도 바쁘다. 때를 놓치지 않고 한 해 마실 차를 만들어야 하기 때문이다. 혼자서 찻잎을 따기엔 양이 너무 많아 암자에 온 탐방객을 부른다. 차나무도 처음 보거니와 찻잎을 따는 체험을 하게 되니 모두 좋아라 한다. 눈이 부시게 푸르른 날에 맑은 공기 마시며 몸 쓰는 일은 또 다른 즐거움이다. 그러나 찻잎을 따는 일이 즐겁지만은 않음을 한 시간만 지나면 알게 된다.

찻잎을 따려면 인내와 집중이 필요하다. 특히 빠른 변화 속에서 사는 도시 사람들은 단순한 일을 하면 이내 시들하고 힘겨워한다. 노동이 그저 멀리서 보기에 아름다운 풍경이 아닐 수 있음을 알게 된다. 그래도 찻잎을 딴 수고에 보답하고

자 차 한잔을 대접한다. 일행 중에 제일 나이가 어린 중학생에게 "차 맛이 어떠냐"라고 묻는다. 아이는 질문의 의도를 알아차린다. "그동안 어머니가 해준 밥을 아무 생각 없이 당연하게 먹은 것 같다"라고 에둘러 답한다. 내가 짐짓 한마디를 곁들인다. "어디 차 한잔, 밥 한그릇에 사람의 공력만이 깃들었겠는가. 흙과 바람과 구름과 비와 미생물이 기꺼이 도와주지 않았으면 지금 여기 나는 여유롭고 향기로운 차 한잔을 마주할 수 없을 것"이라고.

많은 것을 돈으로 거래하는 세상에서, 우리는 뿌리고 가꾸고 거두는 과정과 수고를 눈으로 보고 몸으로 느끼기 어렵다. 그래서 이해력과 공감력이 부족한지도 모르겠다. 한 시간 남짓 찻잎 따는 체험을 하며 사람들은 이렇게나마 관계의 소중함을 알았다.

그리고 만물과 만인의 은혜를 알고 마시는 차는 곧 환희이고 멋으로 이어진다. 고려 문신 이규보는 〈유다시儒茶詩〉에서 "우리 인생에 남는 것은 차 마시고 술 마시는 일이니[喫茶飮酒遺一生]/ 오가는 풍류가 여기서 시작한다[來往風流從此始]"라고 말했다. 공부하고 일하고 더불어 멋스러운 흥취와 풍류가 함께할 때, 진정 사람답게 사는 품격을 누릴 수 있으리라.

중국 당나라 시인 이백은 〈월하독작月下獨酌〉에서 "석 잔 술은 대도와 통하고[三盃通大道]/ 한 말 술은 자연에 합한다

[一斗合自然]"라고 말하며 호탕하고 걸림 없는 풍류를 즐길 수 있다고 했다. 그러나 술은 자칫하면 몸을 망치고 삶의 질서를 무너뜨린다. 감정을 흥분시키는 기능이 있기 때문이다. 차를 마시면 무심과 무위가 함께하고 깊은 마음의 눈을 열어주며 좋은 벗과 정신을 나눌 수 있다. 그 품성이 몸을 평온하게 하고 감각을 맑게 깨우는 기능이 있기 때문이다.

이렇듯 술과 차는 멋스러움과 맛스러움이 같고도 다르다. 술을 마시는 데에만 몸과 마음을 기울이지 않고, 차를 마시며 균형과 조화를 느껴보면 어떨까. 행복의 의미와 성장은 만남에서 이루어진다. 좋은 만남이 어디 사람에게만 있겠는가. 우리의 미각도 좋은 만남을 이루어야 한다.

이 나라 이 강산이 더없이 수려한 5월, 초의 선사의 〈동다송東茶頌〉 한 구절을 음미하는 일로 해차의 맛과 향기를 누려볼까? "대숲에 스치는 바람, 솔가지 흔드는 파도 소리, 모두 함께 소슬하게 서늘하고[竹籟松濤俱蕭涼]/ 맑고 찬 기운 뼛속 깊이 파고드니 심간을 깨우는 듯하네[淸寒瑩骨心肝惺]/ 오직 허락하노니 흰 구름 밝은 달이여 두 손님 맞이하노니[唯許白雲明月爲二客]/ 수행자의 찻자리 이보다 수승하겠는가[道人座上此爲勝]."(2005)

스님이
이렇게 웃길 수가

이른 아침 보성 대원사 현장 스님이 일행과 함께 내 산거를 찾았다. 스님은 일지암을 좋아하여 벗들과 가끔 들르는데 매번 나와 길이 엇갈린다. 며칠 동안 세간에 일이 없어 암자에서 독서에 전념하고 있던 차라 반갑게 인사를 나누었다. "아하! 이번에는 법인 스님이 현장에 있으니 현장 스님을 만나게 되네요."

　재기 넘치는 현장 스님은 늘 밝고 유쾌하다. 스님은 우리 절집에서 유머 제조기로 통한다. 그날도 차담을 하면서 법명으로 시작하는 에피소드를 펼쳐놓았다. "한번은 법정 스님이 이른 아침에 지인에게 전화했는데 지인의 아내가 받았다고 합니다. '저, 법정인데요, ○○ 선생님 계십니까?'라고 물으니, 지인의 아내가 이렇게 말했다고 합니다. '여보! 전화 받으세요. 당신, 무슨 일 있으세요? 아침부터 법원에서 당신을 찾네요.'"

이 밖에도 절집에는 법명에 얽힌 유머가 많다. 탤런트 최불암 씨가 대원사를 방문했을 때 현장 스님이 이렇게 말했다고 한다. "〈한국인의 밥상〉이 끝나면 내가 암자 한 채 지어줄 터이니 와서 사세요. 암자의 이름은 최불암." 암도 스님은 누가 "암도(아무도) 없으십니까?"라고 물으면, "암도 여기 있소"라고 응대한다고 한다. 도범 스님은 절에 사니 자기는 '절도범'이라고 소개한다. 아마 10대들이 들으면 아재 개그라 하겠다.

과장과 허세는 입담의 또 다른 맛이다. 조선 시대 여러 절의 스님들이 모여 자기 절이 얼마나 크고 대중이 많은지를 겨루었다. 먼저 속리산 법주사 스님이 자기 절 자랑을 했다. "우리 절 대웅전의 문턱은 큼직한 네모의 쇳덩어리로 만들었습니다. 왜냐면 대추나무 같은 단단한 통나무로 들이대봤자 사흘이 못 가서 다 닳아 없어진다고요. 그래서 쇳덩어리로 바꿨는데 하루에 쇳가루가 서 말이 쏟아집니다." 이에 맞서 가야산 해인사 스님이 응수했다. "우리 절 해우소가 아마 천지간에 제일 큰 해우소일 거요. 한번은 저녁에 변을 봤는데 이튿날 아침에 겨우 바닥에 떨어지는 소리가 들립디다." 마지막으로 지리산 화엄사 스님이 여유 있는 미소를 지으며 말했다. "우리 절은 매년 동짓날 팥죽을 쑤는데 솥이 너무 커서 나룻배를 띄워 노를 저어가면서 팥죽을 휘젓습니다. 그런데 작년에 떠난 배가 아직도 돌아오지 않았지요."

또 수행의 경지를 가늠하는 찰나의 진검승부도 있다. 사명 대사가 서산 대사의 도력이 높다 하여 방문했다. 방을 나오려는 서산 대사에게 사명 대사가 마당에서 새 한 마리를 잡고 묻는다. "큰스님! 제가 이 새를 놓아주겠습니까? 아니면 손에 잡고 있겠습니까?" 이에 서산 대사가 즉시 한 발을 문턱 밖으로 내놓고 하는 말, "내가 지금 밖으로 나가겠느냐? 안으로 들어가겠느냐?"

부처님은 제자들에게 침묵하거나 진리에 관해 토론하라고 했다. 잡담을 금지한 것이다. 그러나 사람이 어찌 엄숙하게만 살겠는가? 가끔은 지대방°처럼 삶에도 느슨하고 여유 있는 허술한 공간이 있어야 한다. 적절한 유머로 가벼워지는 일은 얼마나 소중한가. (2017)

° 절에서 승려들이 휴식을 취하거나 행장을 놓아두며 한담을 나누는 방이다.

아이들도 은근
내공이 있다

지난 2월 겨울, 내가 사는 암자에서 '인문학당'을 열었다. 중학생 일곱 명과 함께 스마트폰 등 문명의 도구 없이 보름 동안 지냈다. 그때 참가한 제주도 학생이 2월 초순에 가족과 함께 나를 다시 찾아왔다. 그날은 산중에 눈이 펄펄 내리고, 찬바람이 거세게 일었다. 며칠째 온수가 끊기고 방 안에 냉기가 감돌았다. 은근히 아이들이 걱정되었다. 요즘 아이들은 유독 깔끔하고, 불편한 환경을 참지 못한다. 그래서 아래 절 대흥사의 욕실 딸린 따뜻한 방을 권했다. 모두 좋아할 줄 알았는데 어머니뿐만 아니라 중학생 딸들과 초등학생 아들이 별 반응을 하지 않았다. 오히려 의아한 표정을 지었다. 일지 암에 올라가 욕실도 없는 두 평 남짓한 초당 단칸방에서 자겠다고 했다. 나의 배려가 조금 무색해졌다. 초당 앞에서 초등학교 4학년생인 수한이는 신이 났다. 어린아이가 무거운 도끼로 나무를 패고 아궁이에 불을 지핀다. 누나 수빈이와 수현이가 추임새를 넣는다. "우리 수한이는 체질이야, 아마 전생에 일지암 머슴이었을 거야. 하하하, 호호호." 그날 밤, 가족들은 뜨끈뜨끈한 구들에 누워 도란도란 정담을 나누며 산중 설경에 흠뻑 젖었다. 신통하게도 아이 셋은 스마트폰 없이도 긴긴 겨울밤을 즐겁게 보냈다.

다음 날 암자에서 매월 한 번씩 열리는 작은 음악회를 기다리고 있었다. 그런데 이른 아침부터 눈이 내렸다. 오는 손님이 걱정되어 쌓인 눈을 치워야 했다. 아이들에게 함께 치우자고 하니 기꺼이 따라나섰다. 무려 세 시간 동안 눈을 치우는데도 아이들이 짜증을 내지 않고 즐거워했다. 눈을 치우면서 내리는 하얀 눈을 바라보며 연신 감탄했다. 사흘 동안 책과 자연과 사람과 골고루 마주하고 몸을 놀리는 일을 즐거워하는 아이들의 모습을 보고 내심 놀랐다. 틈틈이 스마트폰을 만지작거렸지만 많은 시간을 소비하지는 않았다. 아이들은 아주 작은 풍경에도 눈길을 주고 살피며 아름다움을 가슴으로 느꼈다. 신통하다는 말은 이를 두고 하는 말이겠다.

어느 곳에 눈길을 두는 건 그곳에 마음을 주는 일이다. 보고 듣고 맛보고 생각하는 우리는, 그 무엇과 마주하면서 의미와 재미를 생산한다. 그러므로 먼저 감각 기능이 마주하는 그 무엇에 대한 '선택'과 '반응'이 각자 삶의 내용을 만들어낸다. 그런데 오늘날 우리의 눈길은 온전히 연모할 대상을 찾지 못하고 이리저리 방황한다. 《놀이, 마르지 않는 창조의 샘》을 쓴 바이올린 연주자이자 작곡가 겸 시인 스티븐 나흐마노비치의 한마디가 어렴풋이 떠오른다. "마음이 초조하고 불안한 건 우리가 텅 빈 상태를 두려워하기 때문이다. 텔레비전, 술, 담배, 마약과 관련된 산업은 이런 우리 마음을 바탕으로 한다. 눈과 두뇌가 두려움을 망각하게 하는 것이다. 두려움을 직시하지 않으면 안 된다."

화려하고 풍성한 시대에 사는 우리의 시선은 매우 편협하고 빈곤하다. 내면의 고독을 견디지 못해 사람들은 더 자극적인 감각 대상을 찾는다. 잘못된 선택과 그에 따른 반응의 악순환으로 일상을 연명한다. '텅 빈 충만'과 '텅 빈 공허함'의 차이는 어디에서 오는 것인가? 성철 선사는 이렇게 노래했다. "보이는 만물은 관음이요/ 들리는 소리는 묘음이로다/ 보고 듣고 이 밖에 진리가 따로 없으니/ (…) / 산은 산이요 물은 물이로다."° (2018)

°   성철 선사가 1981년 대한불교조계종 제7대 종정에 취임하면서
    남긴 법문이다. 성철 선사가 열반한 이후에도 세상 사람들은 이
    말을 가슴에 새기고 있다. "산은 산이요 물은 물이로다"라는 구절
    은 중국과 우리나라 역대 선사들이 자주 말하곤 했다.

내가
참 중요하다

새해도 어느덧 한 달이 지났다. 올해도 새해 첫날 지인들에게 학명 선사의 선시 〈몽중유夢中遊〉 한 편을 선물로 보냈다. "가는 해니 오는 해니 말하지 마라[妄道始終分兩頭]/ 겨울 가고 봄이 오니 해 바뀐 것 같지만[冬經春到似年流]/ 보게나, 저 하늘이 어디 달라졌는가[試看長天何二相]/ 우리가 어리석어 꿈속에 살지[浮生自作夢中遊]."

눈을 감고 이 시를 음미하면 들뜬 감정이 절로 가라앉고 온몸에 고요가 깃든다. 무심과 평온, 초월의 세계에 마음이 머무는 듯하다. 그러나 눈을 뜨고 바라보는 우리의 땅은 하늘과 다르다. 어제와 오늘의 세상은 너무도 다르게 변하고 있다. 오늘은 막막하고 내일은 암울하다. 많이 배우고 유능한 능력을 지닌 청년들이 일자리를 찾지 못해 대학교를 졸

업하고도 몇 년씩 방황한다. 쉬운 해고로 고용이 불안한 사람들은 갈수록 인간의 존엄을 잃어간다. 이 때문에 어려움과 기쁨을 함께 나누며 살아가는 공동체 문화는 해체되고 있다. 이 땅에 발 딛고 사는 우리는 평온하고 초월한 마음으로 하늘을 바라볼 수 없다. 일체유심조一切唯心造이! 삶이 우울하니 하늘도 우울하다.

오늘 새벽 예불을 올리고 산방에서《법구경》을 읽으며 이런 생각을 했다. '번뇌 가득한 세상에서 맑게 살아가야지. 진흙 같은 세상 속이지만 연꽃처럼 평화롭게 살아가야지.' 단순한 생각이 왜 이리 내 마음에 닿은 것일까. 나와 세상이 바람직한 관계를 맺는 열쇠가 여기에 있기 때문이다.

지금 여기 나는 홀로 살아가지 않고 사람과 사람 속에 살고 있다. 사람과 사람이 살아가는 세상은 '업業'이라고 하는 가치와 욕구가 서로 다르기에 늘 갈등하고 충돌한다. 갈등과 충돌은 승자와 패자를 만든다. 패자는 박탈과 소외된 감정으로 분노하고 괴로워한다. 승자 또한 마음이 편하지 않다. 가진 것을 지켜야 하고, 더 많이 가져야 하기 때문이다. 우월감

ㅇ　　모든 것은 마음의 산물이고 반영이라는 뜻이다.

이 행복은 아니기 때문이다. 우월감의 뒷면에는 불안과 긴장감이 도사리고 있다. 우월감과 열패감 모두 진정한 행복이 아니다. 그리하여 내가 살아가고 있는 세상을 바꿔야 한다. 자유와 평등, 정의와 사랑이 넘치는 사회를 만드는 주체는 시민이다. 그러한 시민이 함께하는 연대가 시민운동이다. 참여할 때 시민이고 연대할 때 희망이다.

하지만 우리가 참여하고 연대할 때 소홀해서는 안 될 것들이 있다. 부당한 세상에 맞서면서도 '나'를 올곧게 지켜내는 일이다. 왜냐면 저마다의 '나'가 확장하여 관계를 맺으면서 세상이 이루어지기 때문이다. 여럿 가운데 하나가 있다. 그리고 하나가 곧 여럿이다. 사회의 변화와 나의 변화가 선후 없이 동시에 이루어져야 하는 이유다. 그러므로 혼탁한 세상에서 내가 평화롭고 아름다워야 한다. 일상에서 나의 소소한 행복을 키우고 가꿔야 한다.

행복의 샘물은 감수성이다. 감수성을 품으려면 현재를 좋은 느낌으로 살아야 한다. 얼마 전에 세상의 인연을 접고 하늘나라로 가신 신영복 선생은, 마지막 저서 《담론》에서 이 시대에는 머리보다 가슴이 중요하다고 말한다. 분석하고, 해석하고, 말 잘하는 냉철한 지식이 때로는 매우 위험하다고 지적한다. 올해는 머리와 가슴이, 작은 것과 큰 것이, 나와 세계가, 새의 두 날개와 같이 비상하기 바란다. (2016)

짝을 짓는
즐거움

5월의 산은 더없이 투명하고 싱그럽다. 초록빛 숲은 쪽빛 하늘을 머리에 두고 더욱 싱그러움을 더하고, 쪽빛 하늘은 초록빛 숲을 감싸며 더욱 투명함을 더한다. 산은 산으로 하늘은 하늘로 있으면서 서로가 배경이 되어 서로를 빛나게 한다. 서로를 빛나게 하니 더불어 자기가 빛난다.

산에서 살다보면 우주 속에 존재하는 온갖 사물이 서로 의지하여 살아가고, 온갖 현상이 서로가 의지하여 일어나고 있음을 알게 된다. 해가 뜨고 달이 뜨니 만물이 생장한다. 나무는 땅을 의지하여 청청한 푸름을 드러낸다. 추녀 끝에 매달린 풍경은 바람을 만나 비로소 '풍경 소리'가 된다. 그리고 바람과 풍경은 넉넉한 허공의 품이 없다면 바람이 되지 못하고 맑은 소리를 낼 수 없다.

이렇게 하나가 존재하고 성장하려면 다른 모든 것들의 도움을 받아야 한다. 그러니 내가 사는 것은 곧 모든 것과 '짝'을 지어 사는 것이다. 별과 밤이 짝을 지어 '별이 빛나는 밤'이 되고, 나와 당신이 짝을 이루어 '우리'가 된다. 짝은 곧 서로의 의지처이고 배경이다. 안도현 시인의 《연어》를 읽으며 '배경'에 대해 새삼 다시 생각했다. '푸른 강'은 '은빛 연어'에게 우리가 살아가는 의의를 이야기했는데, 나는 '누군가의 풍경이 되어주는 것이야말로 아름다운 일이 아닐까'라고 생각했다. 또 은빛 연어는 서로가 서로에게 배경이 된다는 의미를 확장하여 이야기하였다.

　인간은 서로 사이좋게 살아갈 때 곧 존재의 의미와 가치가 빛날 수 있음을 실감한다. 그런데 이렇게 모든 존재가 다른 것들에 도움을 받아 탄생한 이치를 외면하고, 이 세상은 왜 그리 갈등하고 싸우는가. 그래서 생각한다. '어떻게 해야 존재하는 모든 생명이 평화와 사랑이 가득한 세상을 만들어갈 수 있을까.' 사이좋게 살아가는 일은 매우 정직한 통찰과 분명한 선택에 있는 듯하다. 그것은 생각하는 방식과 살아가는 방식을 바꾸는 일에서 시작하지 않을까. 생각이 바뀌면 행동이 바뀌는 법이다.

　우리는 늘 사물과 사람을 마주하고 살아간다. 그 마주하는 것들과 어떻게 의미를 짓고 살아야 할까. 하나의 사물은 결코 같은 의미로 존재하지 않는다. 수행자와 화가의 눈에 산은 존엄하고 신령한 모습으로 존재하지만, 성장과 축적을 탐닉하는 사람의 눈에 산은 그저 개발의 대상일 뿐이다. 사물이 변하는 것이 아니라 사물을 보는 내 눈이 변하고 있다는 뜻이다. 최근 세월호 참사에 대한 사뭇 다른 해석과 태도는 이를 보여주고 있다.

그러므로 우리가 사이좋은 짝이 되기 위해서는 마주하는 그것들이 참으로 소중하고 고마운 존재라는 생각을 가져야 한다. 절집에서 공양할 때 이렇게 합송한다. "한 방울의 물에도 천지의 은혜가 스며 있고, 한 톨의 곡식에도 만인의 노고가 담겨 있습니다. 정성이 깃든 이 음식으로 몸과 마음을 바로하고 함께 나누면서 살겠습니다." 밥 한 그릇에도 모든 것이 서로의 배경이 되고 의지처가 되어 짝을 이루어 살아가고 있다는 '사실'을 판단하고 함께 살아가겠다는 '가치'의 선택이 담겨 있다.

사이좋게 짝을 지어 살아가는 방식은 곧 옳음과 아름다움과 선함을 지향하며 어떤 환경에서도 함께 살아가겠다는 공존과 상생의 정신을 실현하는 일이다. 이웃이 살아야 내가 살 수 있음을 사무치게 깨닫는다면, 우리가 좋은 사이가 되려면, 선행도 중요하지만 무엇보다 이웃에게 고통을 주는 행위를 멈춰야 한다. 사이좋은 짝이 되기 위해서는 고통을 주는 당사자들이 고통을 주는 행위를 멈추어야 한다. 우리 사회를 정의롭지 못하게 하고 고통스럽게 하는 이들과도 사이 좋은 짝이 되기 위하여 시민은 감시하고 비판하고 참여하고 연대하는 것이 아닐까.

멀리 있거나 가까이 있거나 모든 것은 나와 연결되어 함께 한다. 늘 곁에 있는 작은 것이 나의 소중한 부처님이고 예수님이다. 고맙다. 당신이 나를 여기 있게 하고 당신의 은혜가 나를 빛나게 한다. 당신은 나의 짝이다. (2015)

2부. 세상일

사람과 사람이 손을 잡으면
사람 사는 세상이 된다

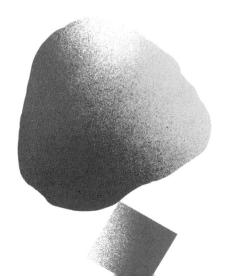

회장님,
반성문 다시 쓰세요

4월의 산색山色은 투명하고 청신하다. 꽃과 나무가 형형색색 어울려 있기에 숲은 더없이 아름답다. 큰 나무는 작은 나무를 내쫓지 않고, 화려한 꽃은 소박한 야생화를 깔보지 않는다. 따로 떨어져 있으면 그저 나무 한 그루와 꽃 한 송이에 지나지 않지만, 더불어 살아가니 큰 숲을 이루고 아름다운 꽃밭이 되었다.

최근 논란이 된 '회장님의 갑질 사건'을 보면서, 우리 인간은 산을 바라보고 감상할 줄만 알지, 산처럼 숲처럼 살려 하지 않음을 새삼 깨달았다. 특히 많이 배우고 많이 가진, 이른바 '큰 나무'와 같은 사람일수록 그렇다. '인간人間'이라는 한자에는 사람과 사람 사이라는 뜻이 있다. 우리 인간도 꽃과 나무처럼 형형색색의 모습으로 살아간다. 그리고 숲처럼 함께 어울리며 살아야 한다. 더불어 살기는 눈높이 맞추기에서 시작한다. 높은 곳에서 아래를 내려다보면 편견과 오만에 빠진다. 반면 어깨를 나란히 하고 곁을 보노라면 '아! 내 곁에 사람이 있구나'라는 새삼스러운 사실을 깨달을 수 있다.

회장님! 지금 당신의 마음은 편치 않을 것입니다. 그 불편한 마음을 접고, 당신에게서 폭언을 듣고 폭행을 당한 수행 기사님과 그분 가족의 마음을 헤아려보십시오. 당신이 저지른 행위에 많은 사람이 분노하고 있습니다. 왜 그럴까요? 사람이 사람에게 그리해서는 안 되기 때문입니다. 인권과 평등이 자리 잡은 민주주의 시대에, 회장님은 마치 전제주의 시대 귀족처럼 권력을 휘둘렀습니다. 당신의 의식 세계는 '돈'으로 사람을 구분하고 판단하는 새로운 계급 사회에 머물러 있을지도 모릅니다. 그렇다면 이는 당신에게 가장 불행한 일입니다. 함께하는 사람을 내려다보며 우월감을 느끼는 '그 마음'이 아수라장이고 지옥일 테니까요.

회장님! 당신은 언론과 대중의 질타가 쏟아지자 자사 홈페이지에 사과의 글을 올렸습니다. 사과문을 읽고 또 한번 화가 났습니다. 사과문은 매우 잘 다듬어졌지만, 진심과 진실한 성찰이 담기지 않았습니다. "젊은 혈기에 자제력이 부족하고 미숙했다"라고 당신은 말했습니다. 정직하지 않습니다. 자제력 부족과 미숙한 행동의 원인이 무엇인지부터 성찰해야 합니다.

"저는 그동안 직원들을 존엄한 인격체로 생각하지 않았습니다. 그들의 밥줄인 생사여탈권을 쥐고 있다고 착각했습니다. 행위의 미숙이 아닌 인격의 미숙이었음을 고백합니다." 이렇게 수행 기사님에게 모멸감을 준 원인부터 진단해야 했습니다. 당신은 수행 기사님에 행한 잘못을 사과했지만, 그것을 넘어 당신이 살아온 삶과 생각을 성찰해야 합니다.

진정한 성찰이 이루어졌다면 부끄러운 마음이 일어날 것입니다. 그 부끄러움이 정직하다면, 수행 기사님과 그 가족들이 느꼈을 모멸감과 고통을 고스란히 느낄 수 있을 것입니다. 수행 기사님은 한 가족의 아버지이자 남편입니다. 회장님 회사의 수백 수천억 재산과 절대 바꿀 수 없는 귀한 사람입니다. 이 사실을 안다면, 당신은 가족들에게 진심이 담긴 사과를 다시 해야 합니다.

회장님! 당신의 진심을 의심하지 않을 수 없는 또 하나의 이유가 있습니다. 공식적인 사과문을 발표한 뒤 피해자에 대한 개별적인 사과와 보상은 이뤄지지 않고 있다는 점입니다. 불가에서는 자신의 행위를 진심으로 뉘우

치는 '이참理懺'과 피해를 준 사람들에게 정직한 고백을 하고 보상을 해주는 '사참事懺'이라는 참회의 방식이 있습니다. 사참이 없는 참회는 이참도 인정받지 못합니다. 묻습니다. 당신은 왜 지금 진정한 사참을 하지 않습니까? 피해자에 대한 보상, 진정한 사참이 없기에 사과문은 단지 회사의 면피용 입장문일 뿐입니다.

회장님! 이런 이야기가 있습니다. 신라 왕궁에서 고승들을 초청해 음식을 공양하는 행사를 했습니다. 초대받은 고승이 허름한 옷을 입고 초대에 응했습니다. 그런데 수문장이 가로막아 들어가지 못했습니다. 그 고승은 다음 공양 초청 때 반듯한 옷을 입고 가자 그제야 궁에 들어갈 수 있었습니다. 그런데 왕궁에 들어간 스님은 음식을 먹지 않고 옷소매 안에 자꾸 넣었습니다. 스님이 왜 이런 파격을 보여주었을까요? 당신이 직원들을 '돈'으로 본다면 직원들도 당신을 '돈'으로 보지 않을까요? 슬픈 일입니다. 사람과 사람이 손을 잡지 않고 돈과 돈이 손을 잡는 현실이 참으로 슬픕니다.

회장님! 바쁜 회사 일을 접고 잠시라도 자연의 품에서 홀로 머물며 많은 생각을 하시기 바랍니다. 끝으로 한 말씀을 전합니다. 《법구경》의 한 구절입니다. "전쟁터에서 수천 명의 적을 혼자 싸워 이기기보다, 자기 자신

을 이기는 사람이 가장 뛰어난 승리자이다[千千爲敵 一
夫勝之 未若自勝 爲戰中上]."

위 편지는 '갑질하는 회장님'에게 산중의 수행자가 보내는
글이다. 산색의 아름다움을 느낄 수 있는 분이라면 충분히
가슴으로 읽으시리라 믿는다. (2016)

존귀한 존재

"얘들아, 잘 봐라. 공부 못하면 너도 저 아저씨들처럼 후지게 사는 거야." 땀을 흠뻑 흘리며 악취 나는 쓰레기를 치우고 있는 환경미화원을 보고, 한 어머니가 초등학생으로 보이는 아들과 딸에게 이렇게 말하는 걸 들었다.

사실 곳곳에서 아무렇지 않게 이런 말들이 오간다. 세심히 헤아려보면 모종의 낙인을 찍는 이런 말들은 우리 사회에서 일정 정도 암묵적으로 합의된 관념이라 할 수 있다. 간혹 택시 기사님들은 어린 학생이나 젊은 사람들에게 열심히 공부하고 노력해서 좋은 직장을 얻어 자기같이 '후지게' 살지 말라고 조언하기도 한다.

언젠가 내가 택시 기사님에게 말했다. "택시 운전하는 일이 어째서요? 왜 기사님 인생을 스스로 비하하십니까?" 택시 기사님이 말했다. "밤낮으로 일해도 애들 가르치기 힘들고요. 무엇보다도 깔보고 함부로 말하는 사람들이 많으니 어디 자존심 상해서 살겠습니까?" 이렇듯 노동하는 자신을 비하하는 큰 원인은 타인에게 받는 모멸감 때문이다. 우리가 주고받는 모든 손짓과 표정과 언사는 가슴으로 느끼는 감정으로 귀결된다. 감정은 우리 모두를 기쁘게 하고 슬프게도 하는 엔진이다.

감정노동자로 분류되는 사람들에게 여전히 폭력과 폭언이 계속되고 있다. 대기업 회장과 군의 최고 지휘관 등 자본과 위계의 갑질 폭력이 사라지지 않고 있다. 피해자나 가해자 모두를 떠올릴 때마다 새삼 인간으로 태어난 슬픔을 생각한다. 밥을 먹어야 살 수 있기에 온갖 모멸감을 견디며 밥을 먹어야 하는 인간의 슬픔. 인간은 왜 신성과 존엄의 밥을 이렇게 모멸과 슬픔의 밥으로 만들어야 하는가? 이럴 때는 살아가고 있다는 사실이 더없이 쓸쓸해진다.

다른 한편으로 모멸감을 안고 살아가는 일상에서, 모멸감을 주고받는 사람이 평범한 시민이라는 사실도 삶의 역설이다. 평범한 시민이 가해자가 되고 피해자가 되는 일이 일상에서 일어난다. 콜센터 상담원에게 온갖 욕설과 막말로 상처를 주는 사람은 아마도 우리가 자주 마주하는 평범한 이웃일 확률이 높다. '악의 평범성'°이라는 말이 떠오른다. '갑질의 평범성' 또한 우리가 주목하고 성찰해야 할 문화이다.

얼마 전 감정노동자에 관한 신문 기사를 읽었다. 고객들에게 고통을 당하는 콜센터 상담원들을 위하여 통화 연결음을 바꾸었고 많은 욕설이 사라졌다는 요지다. "착하고 성실한 우리 딸이 상담드릴 예정입니다." "제가 세상에서 가장 좋아하는 우리 엄마가 상담드릴 예정입니다." 지금 전화를 받는 상담원은 누군가의 가족이라는 메시지 때문에 고객의 태도가 아주 좋아졌다는 소식을 접하고 그나마 다행이라는 생각이 들었다.

그러나 한걸음 물러서서 차분하게 생각해보면, 이런 처방은 뭔가 문제가 있지 않은가. 노측과 사측 혹은 인간과 인간의 관계에 문제가 생겼을 때, '가족처럼'을 내세우는 태도와 방식은 과연 문제의 본질을 적확하게 직시하는 자세일까. "모든 생명은 죽임과 채찍을 두려워한다[一切皆懼死 莫不畏杖

○ 독일의 정치철학자 한나 아렌트가 그의 저서 《예루살렘의 아이히만》에서 언급한 말이다. 홀로코스트 같은 악행은 국가에 대한 의심이나 비판 없이 그대로 순응하며 자신의 행동을 일반적이라 여기는 평범한 사람들에 의해 행해진다는 뜻이다. 아렌트는 "다른 사람의 처지를 생각할 줄 모르는 생각의 무능은 말하기의 무능을 낳고 행동의 무능을 낳는다"고 했다.

痛]. 이 일을 나에게 견주어 죽이거나 폭력을 행하지 마라[恕
己可爲譬 勿殺勿行杖]"는《법구경》의 말을 주목해본다.

　모든 생명은 다름 아닌 개개인의 개체 생명을 말한다. 개
체 생명은 다른 무엇과도 바꿀 수 없는 존엄성을 가지고 있
다. 그러므로 인간에 대한 친절과 예의는 '영업 이익을 내기
위하여' 혹은 '가족 같은 사람이기 때문에'라는 전제를 두지
않아야 한다. '이웃을 존귀하게 대하는 일은 내 삶을 존귀하
게 만든다'라는 이치에서, '도덕과 윤리의 첫째 덕목은 이웃
에게 아픔과 슬픔을 주지 않는 일'이라는 이치에서, 사람과
사람이 관계를 맺는다면 이것이야말로 으뜸가는 품격이고
자연스러운 삶이 아닐까.

　《법화경》에는 상불경보살이 등장한다. '모든 다른 사람들
을 가볍게 함부로 대하지 않는다'라는 뜻의 이름을 가진 이
보살은 사람들을 만나면 늘 이렇게 말한다. "나는 그대들을
매우 공경하고 감히 경멸하지 않는다[我深敬汝等 不敢輕慢]. 왜
냐면 그대들은 언젠가는 부처가 되는 존귀한 존재이기 때문
이다[所以者何 汝等皆行菩薩道 當得作佛]."

　대한민국 헌법 제11조 1항은 상불경보살의 선언과 맥이
닿아 있다. "모든 국민은 법 앞에 평등하다. 누구든지 성별·
종교 또는 사회적 신분에 의하여 정치적·경제적·사회적·
문화적 생활의 모든 영역에 있어서 차별받지 아니한다." 도

덕과 윤리, 헌법과 법률은 고위층만이 아니라 평범한 시민의 몫이기도 하다. 그러므로 오늘의 시민은 지위와 직업 등을 이유로 어떤 차별도 '받아서는' 안 된다. 아울러 시민은 어떤 차별을 '해서도' 안 된다. 평범한 시민에게도 위헌은 없는지 살펴볼 일이다. (2017)

혼자서 행복하다면
부끄러울 수 있다°

생로병사는 인간이 겪을 수밖에 없는 필연적 고통이라고 했
던가. 실감하고 절감한다. 생과 사는 인간 내면의 철학적인
문제이지만, 늙음과 질병은 현실의 당면 과제다. 코로나19로
모든 모임이 끊기면서 시간이 넘치니, 책을 읽고 틈틈이 농
사일을 돕고 지리산 둘레길을 걷는다. 둘레길에서 마스크를
쓰고 있는 사람들을 보니 전염병의 재난은 국경과 지역의 경
계도 없음을 알겠다. 피해갈 수 없는 재난, 혼자만의 일이 아
닌 재난, 함께 극복해야 하는 재난, 이렇듯 우리의 삶은 그물

°　알베르 카뮈의 소설 《페스트》에서 기자 랑베르가 의사 리유에게
건넨 말을 원용하였다.

코로 연결되어 있다.

오랜만에 소설책을 꺼내 읽었다. 10대 시절에 읽은 알베르 카뮈의 소설《페스트》를 다시 보았다. 의도하고 읽은 바는 아닌데, 1947년 출간된《페스트》속 이야기가 지금 우리가 겪는 코로나19 상황과 많이 닮았다. 물론《페스트》는 질병만 말하지 않고 늘 사회에 잠복한 '부조리'까지도 성찰하지만 그 시사점은 다르지 않다.

《페스트》는 1940년 프랑스 식민지인 알제리의 '오랑Oran'이라는 지역에서 피를 토하며 죽어가는 쥐가 의사 리유에 의해 발견되면서 시작된다. 페스트°가 발병하자, 리유는 즉시 사태의 심각성을 알리고 이를 퇴치하려면 시간이 없다고 당국에 즉각적인 조치를 요구한다. 처음엔 반대하던 공무원들은 페스트가 점차 만연하자 그제야 허둥지둥 봉쇄 조치를 단행한다. 오늘날 중국이나 미국을 보면서 기시감이 드는 대목이다.

페스트가 창궐한 오랑은 이내 혼란에 빠진다. 그런 혼란 속에서 리유와 함께 활동하는 파늘루 신부는 페스트 창궐 초

° 페스트균이 몸에 침투하여 발생하는 급성 열성 전염병으로 흔히 '흑사병'이라고도 부른다.

기에 이렇게 말한다. "페스트는 신의 재앙이지만, 신이 원한 것이 아니라 세상이 악과 타협하였기 때문에 회개를 촉구하기 위해 일어났다." 그러자 리유는 이렇게 질문한다. "페스트가 신이 원하지 않은 불행이었다면, 이 어린아이는 무슨 죄가 있어서 고통을 받아야 합니까?" 이후 신부는 생각을 바꾸고 전염병 치유에 헌신한다.

그리고 또 한 사람, 랑베르가 있다. 그는 오랑과 관계없는 이방인이다. 프랑스에 연인을 두고 취재차 오랑에 온 그는, 페스트가 퍼지자 온갖 방법으로 탈출을 시도한다. 그런 그를 주변 사람들은 원망하지 않고 존중한다. 하지만 리유의 헌신적인 모습에 감동한 랑베르는 오랑을 떠나지 않고 전염병 치유와 확산 방지에 전념한다. 지금 우리 사회에서 민주적이고 헌신적으로 코로나19에 맞서는 관료와 시민을 보는 듯하다.

코로나19라는 재난 앞에서 우리는 새삼 '민주'와 '시민'이라는 의미에 공감하고 있다. 《페스트》를 읽고 이런 생각에 머무른다. '모든 세계는 연결되어 있다. 혼자만 살고자 하면 혼자도 살 수 없다. 재난은 우리 곁에 늘 숨어 있다. 인간이 마음을 모으면 희망의 빛을 부를 수 있다.' (2020)

참다운
나눔이란 무엇인가

지난해 말, 지인의 어머니가 이생의 인연이 다하여 소천하셨
다. 지인과는 평소 생각이 통하고 마음을 나누는 사이였기
에 그의 슬픔이 오롯이 전해졌다. 지인의 가족은 천주교 신
자였지만, 생전에 종교에 경계를 두지 않고 널리 베풀던 어
머니의 뜻을 헤아려 여러 종교인이 장례 의식을 집전하기로
했다. 불교, 천주교, 개신교, 원불교 순으로 고인의 하늘나라
가는 길을 축원했다. 아마도 국가장 외에 가족장을 4대 종교
성직자들이 한자리에서 치른 것은 처음이지 않을까 싶었다.
산 자와 죽은 자의 아름다운 동행이었다.

　가족들은 조의금 전액을 사회 곳곳에 기부했다. 기부 내역
을 전해 들었는데, 세심한 배려가 스며 있었다. 소아암을 앓
는 어린이들을 치유하는 곳, 부모 없는 청소년들이 모여 생

활하는 그룹홈을 운영하는 곳, 청년의 정신 성장을 위하여 마음공부학교를 운영하는 곳, 고 김수환 추기경의 뜻을 잇는 곳, 가난한 이웃의 행복한 임종을 위하여 호스피스 병원을 운영하는 곳 등이었다. 한눈에도 4대 종교인들이 운영하는 단체에 고르게 기부하여 배려했음을 알 수 있었다. 그리고 세월호 희생자 구조에 참여한 잠수사들의 후유증을 치료하는 일에도 기부했다.

좋은 뜻으로 쓰이는 돈도 때로 염려와 위험의 대상이 되는데, 이런 깊은 생각과 따뜻한 마음이 담긴 돈은 받는 이에게 정말 고마운 손님이 된다.《초발심자경문》에 "소가 물을 마시면 젖이 되지만, 독사가 물을 마시면 독이 된다[牛飲水成乳蛇飲水成毒]"고 했다. 불교 경전은 '주는 자와 받는 자의 의도가 순수하고 청정해야 참다운 나눔이 된다'라는 뜻을 전하고 있다. 지인은 예수님과 부처님의 뜻이 지상의 아픈 사람에게 있음을 잘 알고 있던 것이다.

승자 독식으로 갈등과 탐욕이 가득한 사회에서 그래도 우리가 희망을 품고 미소 지으며 살아갈 수 있는 것은, 곳곳에서 자신을 드러내지 않고 힘든 이들과 나누며 사는 선한 이웃이 있기 때문이다. 넉넉하지 않은 살림에도 이웃의 어려움과 아픔을 외면하지 못하는 측은지심, 그 마음에서 우러나오는 나눔은 차이의 경계를 넘어 사람과 사람 사이를 이어주는 끈이 되고 있다. 사람이 희망이라면, 그 희망은 오직 사람을 향한 사랑으로 꽃피우고 열매를 맺을 것이다. 사랑이 지혜를 낳는 것이지 결코 지혜가 사랑을 낳는 것이 아님을, 삶의 현장에서 가슴으로 살아온 사람들은 안다.

크고 작은 구호 단체들이 활동하고, 복지 시설이 다양해지는 우리 사회에서 '나눔'에 대해 몇 가지 생각이 든다. 먼저, 왜 나누어야 하고 무엇을 나누고 어떻게 나눌 것인가? 나눔은 우월적 지위에 있는 사람이 그렇지 못한 사람에게 내리는 특혜가 아니다. 우리는 차별과 억압으로 불안과 고통을 겪는 사람들을 회복시키고자 나눔에 참여하는 것이다. 그것은 인간 내면의 근원에서 발원하는 연민과 사랑의 실천이다. 사람과 사람 사이의 평형을 이루는 일이다.

그래서 나눔은 개체적 '자연'이고 사회적 '자연'이다. 대다수가 '나눔'이라고 하면 돈과 물질적 후원을 떠올린다. 물론 돈이 절실한 사람에게 돈은 바로 구원이 될 수 있다. 그러나 사람은 돈만으로 살 수 없다. 돈 속에는 마음이 있어야 한다. 주고받는 마음, 가슴으로 느껴지는 진실한 마음이 모두의 자존감을 회복시켜주기 때문이다. 개개인의 자존감이 온전할 때 비로소 건강한 사회와 공동체가 만들어진다. 그러나 모멸감을 느끼게 하는 환경이 곳곳에 있다. 그래서 자신을 깎아내리고 타인의 삶을 부러워하며 사회의 시선에 주눅이 들곤

한다. 그렇다면 모멸감을 해소하고 자존감이 넘치는 사람 사이를 만들기 위해서 어떻게 해야 하는가? 모멸감을 만드는 사회적 틀을 해체하는 일이 답이다. 그러나 해체하는 일이 당장 쉽게 되진 않는다.

그래도 상생하고 자존감을 회복하는 대안을 모색하며 새로운 틀을 수립하는 노력을 부단히 해야 한다. 약자와 소외자에 대한 연민과 나눔이 사회적 시선과 확장을 확보할 때, 나눔은 더불어 살아가는 공동체 구현이라는 목적을 이룰 수 있다. 개인의 노력도 중요하다. 개개인이 쉽게 할 수 있는 나눔에 주목해보자. 경전에는 돈을 들이지 않고 나누는 무재칠시無財七施가 있다. 온화한 얼굴과 눈으로 마주하고, 이웃의 처지를 내 일처럼 생각하며, 힘이 되는 위로의 말을 건네고, 정성 어린 손길과 부지런한 발걸음으로 아픔을 덜어내고 기쁨을 주는 나눔을 말한다. 한마디로 따뜻한 마음과 정성스러운 손길만 있으면 나눌 수 있는 자비행이다.

지난 1월, 청소년 여덟 명과 보름 동안 일지암 암자에서 '인문고전학당'을 열었다. 예상치 못한 폭설에도 해남 북평중학교의 이병채 선생은 무거운 북을 진 채 눈보라를 헤치고 험한 산길을 올라왔다. 오로지 기다리고 있을 아이들을 생각한 선생과 스승의 마음을 가슴으로 느낀 아이들은 실로 값진 수업을 했다. 나눔은 서로의 가슴을 흔드는 조용한 울림이다. (2016)

열린 귀는
들으리라

초등학교 5학년생 아들이 학교에서 머리를 다친 채 집으로 왔다. 부모는 화들짝 놀랐다. 그런데 흥분한 어머니와는 다르게 아버지는 차분했다. 아들에게 사정을 묻자, 말다툼 끝에 같은 반 여학생에게 맞았다고 했다. 다툰 이유를 물으니 아들은 입을 꾹 다문 채 아무 말도 하지 않았다. 옆에서 지켜보던 아내가 화를 냈다. 당장 때린 아이 집으로 가서 따지는 게 먼저라는 것이다. 그러자 남편은 자초지종부터 알아보고 해결하자며 아내를 설득했다. 아이 아버지가 가해한 여학생 어머니에게 전화를 걸었다.

"많이 놀라셨지요? 사실 저도 당황스럽고 속이 상합니다. 하지만 따님이 우리 애를 때린 분명한 이유가 있을 텐데, 제가 따님을 만나 이야기를 들어보면 안 될까요? 이 일로 아이들이 서로 상처 주고 원망하기보다 좋은 사이로 성장하는 기회로 삼았으면 좋겠습니다."

그 말을 듣고 상대방 여학생의 어머니는 안심하고 딸과 함께하는 자리를 마련했다. 양쪽 부모가 모여 이야기를 나누었다. 사정을 들어보니 아들이 여학생의 아픈 단점을 건드리고 조롱했음이 밝혀졌다. 그다음 아이 아버지는 어떻게 했을까. 아들과 함께 공원을 거닐며 말했다.

"아빠 엄마는 어떤 상황에서든 너를 아끼고 사랑한다. 하지만 네가 잘못한 것까지 옳다고 편들어줄 수는 없는 일이야. 이것이 아빠 엄마가 너를 사랑하는 방식이란다."

아들은 울먹이며 그동안의 일을 털어놓았다. 아들이 잘못한 게 맞았다. 여학생의 감정을 건드려 분노를 유발했으니 결국 폭력의 원인은 아들이 제공한 셈이었다. 다행히 아들은 자신의 행동을 진심으로 후회했다. 다음 날 아이는 부모와 함께 모인 자리에서 여학생에게 사과하고 용서를 구했다. 그후 두 아이와 부모는 친하게 지내며 마음을 터놓는 사이가 되었다.

어느 교사에게서 이 이야기를 전해 들었다. 아이 아버지의 합리적인 교육법이 참으로 감동이었다. 새삼 지혜와 사랑으로 아이를 키운다는 일이 어떤 것인지를 깨닫기도 했다. 사람과 사람 사이, 즉 인간 사회는 늘 갈등과 다툼이 존재한다. 한 제자가 부처님에게 인간은 왜 싸우느냐고 물었다. 종교인은 견해 차이로, 세간 사람은 재물과 권력 때문에 싸운다고 답했다. 여기에는 부처님이 제시한 갈등 해결 매뉴얼도 빠지지 않는다.《아함경》은 정확한 사실 확인, 갈등 당사자들의 진술과 경청 그리고 대화와 중재를 통한 해결법을 제시한다. 특히 대화하고 토론할 때 진실하고 부드럽게 말할 것을 강조한다.

부처님의 갈등 해결 매뉴얼과 비교해보면 앞서 이야기한 아버지가 얼마나 지혜로운지 알 수 있다. 아이들은 어떻게 미움과 원망의 감정을 풀어낼 수 있었을까. 무엇보다 피해 학생의 아버지는 결과에 흥분해 감정적으로 반응하지 않았다. 침착하게 '사실'을 규명했다. 그리고 사태 판단에서 그 어떤 선입견, 그러니까 '내 아이'라는 입장을 내려놓았다. 끝으로 서로가 자신의 잘못된 행위를 정직하게 인정하고 사과했다. 어느 한쪽이 이기고 지는 결말이 아니라, 서로 화해와 성숙한 관계를 다지는 쪽을 선택한 것이다. 합리적인 화해다.

지금 우리 사회는 다양한 갈래와 층위간 갈등이 깊어가고 있다. 피로 사회, 탈감정 사회, 잉여 사회, 팔꿈치 사회 등 현대 사회를 진단하는 부정적인 개념의 출현은 곧 우리 사회가 갈등과 다툼의 현장임을 시사한다. 혹자는 인간이 왜 서로 사랑하지 않고 다투느냐고 항변하지만, 이는 참 순진하고 어리석은 생각이다. 살아온 환경, 추구하는 가치, 사물을 보는 견해가 다른데 어찌 획일적인 '일치'가 가능하겠는가? 그러한 일치는 조화롭고 창의력이 넘치는 건강한 사회를 위해서 절대 바람직하지 않다.

지난 6월, '함께하는 경청' 포럼이 창립했다. 창립 선언문에는 '화쟁和諍, 무조건 다투지 말자는 것이 아니라 평화롭게 다투면서 차원이 다른 높은 성숙과 상생을 이루자'라는 취지가 담겨 있다. 평화롭게 다투기 위한 첫걸음은 바로 귀를 기울이는 경청이다. 몸을 낮게 기울여 서로의 소리를 들어야만 끝까지 함께 갈 수 있다.

우리 사회는 지금 계층과 세대 간 갈등이 고조되고 있다. 정치권에서는 노사정위원회가 성숙한 합의를 이루어내지 못하고 있다. 다양한 목소리를 경청하고 수렴해야 할 정부는 한국사 교과서 국정화를 일방적으로 몰아붙이고 있다. 내 편이 무조건 옳고 다른 편을 배제하고 혐오하고 탈락시키려는, 어리석은 신념과 승자 독식이라는 욕망의 질주에서 갈등이 비롯된다.

귀를 막고 소리를 들을 수 없다. 듣고 싶은 것만 들으려 해도 들리지 않는다. 올바른 정치는 다양한 것을 보고 듣는 일에서 시작한다. 이것은 상식이다. 가을 산중에 서늘하고 맑은 바람이 분다. 바람이 부는데 바람 소리를 듣지 못하는 자 누구인가? 오직 열린 귀만 들으리라. (2015)

상식의
교집합

오랫동안 알고 지낸 그 할머니를 만나면 은근히 긴장한다. 자칫하면 면전에서 꾸지람을 듣기 때문이다. 그렇다고 그 할머니가 매사에 꼬투리를 잡고 사람을 무섭게 대하지는 않는다. 외려 작은 일에도 정성스럽고 세심하게 이웃을 배려한다. 작은 차이로 말다툼이 일어나면 시시비비 따지지 말고 서로 양보하고 잘 지내라고 격려한다. 그런 할머니가 일순간 단호한 태도를 보일 때가 있다. 어긋난 언행을 보면 그야말로 지위고하를 가리지 않고 매섭게 한마디를 한다. "사람이 경우 없는 짓을 하면 안 되제."

할머니에게 '경우 없는' 경우는 무엇일까? 간단하다. 누가 봐도 상식적으로 매우 모순된 언행을 할 때다. 가령 이렇다. 어제 한 말과 오늘 한 말이 다르거나, 거짓말을 천연스레 하

127

고, 거짓이 드러났는데도 뻔뻔하게 사과하지 않고 상대방을 비난하고 모함하는 경우 등이다. 화가 나면 마지막 결정타를 날린다. "사람의 탈을 쓰고 그러면 쓰는가?" 이런 말을 들은 그 사람은 한동안 인근 동네까지 여론의 도마에 오르내린다. 가끔 할머니를 뵈며 나는 '경우 없는 짓'에 대해 곱씹는다.

　우리 사회에서 혹은 사소한 일상에서 상식에 어긋나는 모습은 무엇일까? 거짓과 무례가 아닐까. 표리부동, 인면수심, 근자에 만들어진 '내로남불'은 비상식과 몰상식의 실태를 보여주는 말이겠다. 상식적으로 이해할 수 없는 처사는 정치권에서 수시로 볼 수 있다. 일부 정치인들은 위치가 달라지면 그간의 주장과 신념을 뒤집거나 외면하는 비상식을 태연하게 저지른다. 그런 대표적인 사례가 공수처법과 중대재해처벌법 같은 경우라고 할 수 있다. 대선이나 총선 혹은 평소의 소신으로 진영과 여야를 가리지 않고 이 법들을 제정해야 한다고 주장한 유력 정치인들이 있다. 그들 중 몇몇은 지금 어떤 사정이 있는지 몰라도, 입장을 바꿔 극렬한 비난을 퍼붓거나 입법을 머뭇거리고 있다. 반대하고 머뭇거리는 이유에 대한 어떤 명분도 사정도 말하지 않는다. 그야말로 한 입으로 두말하고 있다. 화장실에 갈 때와 나올 때의 마음이 다른 경우다. 경우 없는 짓을 천연덕스럽게 저지르고 있다. 비상식과 몰상식이다. 이제 이런 비상식을 많이 겪다보니 '정치인들은 그런 사람들이다'라는 인식이 보편화되었다. 시민의 체념과 면역력이 슬프기도 하다.

몰상식은 평범한 곳에서도 발견된다. 가짜 뉴스가 대표적이다. 가짜 뉴스의 몰상식과 폭력은 이제는 소셜네트워크서비스에서 상식인 양 떠돈다. 매우 교묘하게 포장된 거짓이라는 유령이 인터넷을 타고 사람들의 뇌와 감정선을 건드린다. 거짓말을 믿고 싶고, 거짓말에 위안을 삼고, 거짓말로 경제적 이득과 인기를 누리고자 하는 사람들의 교묘한 심리가 합작하면서 상식은 점점 설 자리를 잃어간다. 또 나의 반대편에 선 사람들을 향한 무차별적 비난도 몰상식이다. 근거 없이 쉽사리 단언하고 극언하고 폭언한다. 표현의 자유와 알 권리를 운운하면서 말이다. 앞서 말한 할머니가 거짓과 무례를 보신다면 아마도 '이런 경우 없는 자가 어디 있어'라고 호통을 칠 터이다.

상식은 왜 비상식에 밀려나는가? '그 무엇'이 눈을 가리기 때문이다. 문득 안데르센의 동화 《벌거벗은 임금님》이 떠오른다. 그 동화에서 옷에 탐닉한 임금에게 사기꾼은 이렇게 말한다. "우리가 짜는 옷감은 색깔과 무늬만 아름다운 것이 아니라 일할 능력이 없거나 바보 같은 사람들에게는 보이지 않는 신비한 옷감입니다." 그래서 장관과 대신과 심지어 임금도 옷감이 눈에 보이지 않는데도 아름답다고 말한다. 뻔한 상식 앞에 거짓과 무례를 범하는 이유는 뻔하다. 자기 눈을 가리는 뻔한 그 무엇을 보지 못하거나 인정하지 않으려 하기 때문이다.

지금 우리 사회는 갈등과 대립으로 혼란스럽다. 이를 극복하려면 어떻게 해야 할까? 상식의 발견과 회복이 우선되어야 하지 않을까. 나아가 서로 상식을 확인하고 공통된 상식을 실천하자고 약속해야 하지 않을까. 진영 논리의 폐단을 통탄하는 요즘, 경계를 넘나들며 상식의 교집합을 넓혀가는 일이 우선이다. 상식의 교집합이 화합이고 통합이다. 이렇게 맺는다. 상식이 진실이다. (2021)

두 노인과
코로나19

산중이 한적하다 못해 적막하다. 본디 오는 사람 막지 않고 가는 사람 잡지 않는 절집이지만 지금은 오고자 하는 사람들을 막고 있다. 종단의 결의에 따라 법회와 템플스테이 등 모든 집회가 금지됐다. 그러니 시간이 넉넉하다 못해 넘친다. 할 수 있는 일은 독서와 산책, 적절한 노동뿐이다. 모처럼 옛날에 읽었던 소설을 다시 꺼내 읽는다. 톨스토이의 단편 〈두 노인〉이다. 헌신과 사랑의 의미, 성스러움이 무엇인가를 생각하게 하는 작품이다.

절친한 친구 사이인 예핌과 예리세이는 한 마을에 산다. 두 노인은 기질과 성향이 조금 다르다. 예핌은 모범생이다. 술과 담배를 일절 하지 않으며 정직, 근면, 성실의 아이콘이다. 반면 예리세이는 술도 적당히 즐기고 그리 큰돈을 벌려고 안간힘도 쓰지 않는다. 단순한 삶을 살면서 넉넉한 여유를 즐긴다. 신앙심이 깊은 두 노인은 예루살렘 성지를 순례해야 한다는 생각을 간절히 한다. 그러나 모범생이고 매사에 걱정이 많은 예핌 때문에 쉽사리 결정하지 못한다. 마침내 예리세이의 독려로 두 노인은 각자 100루블씩 경비를 마련해 그토록 염원하던 성지 순례를 떠난다.

두 사람은 예루살렘까지 가는 도중 어떤 친절한 마을에서 숙박과 식사를 무료로 하게 되었다. 순례의 여정에서 예핌과 예리세이는 간격을 두고 순례길을 걷는다. 예핌보다 뒤에 걷게 된 예리세이는 목이 말라 한 마을의 농가로 들어간다. 그런데 전염병과 기근으로 시달리는 마을에서 3대가 실신 상태로 죽음만을 기다리는 걸 본다. 그 처참한 상황을 보고 예리세이는 당황한다. 급히 물을 길어와 쓰러진 남자의 목을 적셔준다. 수중에 있는 빵을 꺼내 남자에게 주려고 하니, 남자는 힘겨운 손짓으로 어린아이들을 가리킨다. 예리세이는 잘게 썬 빵과 물을 아이들에게 먹인다. 그리고 가게에 들러 여러 가지 식재료를 사 와서 죽을 만들어 가족들에게 먹인다. 이렇게 사흘이 지나자 가족들은 기운을 차리고 거동할 수 있게 된다. 그날 예리세이는 가족들의 딱한 사정을 듣고 갈등한다. '이대로 예루살렘을 향해 떠나면, 이 가족들은 다시 극한의 상황에서 헤어나오지 못할 터인데…' 그러던 중 예리세이는 꿈을 꾼다. "아저씨, 빵 좀 주세요." 할머니, 여자, 한 사내가 애원하는 눈으로 예리세이를 바라보는 꿈이었다. '아무래도 그냥은 못 떠나겠어. 내일은 저당 잡힌 이 가족의 보리밭과 땅을 찾아주자. 말도 사 주고, 아이에게 우유를 먹일 젖소도 사줘야겠어. 그렇게 하지 않으면 그리스도를 찾아간다 해도 '내 마음속에 있는 그리스도'를 잃어버릴지도 몰라.' 이렇게 내 마음속에 있는 그리스도를 모시기 위해 예리세이는 가엾은 가족들을 도와줬다. 그러자 수중에 20루블 정도의 돈만 남아 도저히 예핌을 뒤따라갈 수 없었다. 그래서 예리세이는 자신의 집으로 돌아간다. 집에 돌아가 가족들과 이웃들에게 자신의 잘못으로 도중에 돈을 잃어버려 그냥 돌아왔노라고 말한다.

한편 먼저 성지에 도착한 예핌은 그곳에서 참배와 기도를 올린다. 그런데 놀랍게도, 도저히 뒤따라올 수 없을 것 같았던 예리세이가 교회에서 눈부신 빛을 받으며 기도하는 모습을 먼빛으로 보게 된다. 그는 순례를 마치고 집으로 향했다. 오는 도중 예핌은 고된 순례의 여정에 잠시 쉬었다 가라는 한 소녀의 초대를 받았다. 그 집은 예리세이가 머물던 집이었다. 예리세이가 머문 집에서 그 가족들에게 그간의 사정을 듣는다. 집으로 돌아온 예핌은 예리세이에게 이렇게 말한다. "나는 몸만 갔다 왔지. 돌아오다가 자네가 물 마시러 들어갔던 그 집에 들러 자네 사연을 들었네. 자네는 비록 몸은 가지 않았지만, 영혼은 예루살렘까지 갔다 왔더군."

코로나19 확진자가 늘어 세상이 불안하다. 건강과 생명도 문제지만 배제와 혐오, 분열과 대립이 더 불안하다. 이런 현실에서 종교 집회가 세간의 화두로 떠오르고 있다. 비대면, 온라인으로 예배를 보는 교회가 더 많다. 그럼에도 어느 곳은 교리와 믿음, 전통과 신념을 주장하며 대중 집회를 한다.

톨스토이의 단편 〈두 노인〉 속 두 노인이 순례한 성지는 어디에 있으며 진정한 예배는 어떤 모습인지를 생각해본다. 간절한 믿음과 사랑이 있으면 지하 무덤인들 교회와 법당이 아닐 까닭이 없지 않을까? '영혼보다 더 소중한 것은 없고, 그 어느 것보다 영혼의 일이 먼저 질서가 잡혀야 마음이 편하다'는 두 노인의 깨달음이 가슴을 적신다. (2020)

견딜 수
없어야 한다

2017년 6월 10일은 6월 민주항쟁 30주년이다. 그 시절을 생생하게 환기해보고 싶어 1987년 발간된 김중배 선생의 사회비평집 《하늘이여 땅이여 사람들이여》를 꺼내 읽었다. 당시 김중배 기자는 치안본부 남영동 대공분실에서 물고문 등 온갖 고초를 겪은 박종철 군을 응시하자고 호소했다. 원통한 죽음마저 왜곡한 국가의 폭력 앞에 통절하게 외쳤다. '죽음을 거듭 죽이지 말아달라고.' 그리고 이어 정의와 평화와 인권에 대한 뜨거운 목소리를 냈다.

6월 민주항쟁 30주년을 맞은 오늘, 촛불 시민의 열망으로 나라다운 나라를 만들고자 하는 희망이 넘치는 오늘, 새삼 민주와 인권을 생각한다. 정의와 평화를 생각한다. 그리고 화해와 치유, 통합과 상생이라는 시대적 화두를 생각한다.

인권과 평화가 우리 삶의 목적이라면 민주와 정의는 그 수단이고 과정이다. 또 화해와 상생이 미래의 지향이라면 과거의 악습과 악덕의 청산은 받침돌이다. 그 악습과 악덕은 다름 아닌 지난 시대의 반민주 반인권적인 행위들이다.

6월 민주항쟁 30주년 아침에 일제강점기를 거쳐 대한민국 정부 수립 이래 지금까지 견딜 수 없는 고통을 당한 사람들을 생각한다. 박종철, 이한열 등이 떠오른다. 동시에 고통을 가한 사람들도 생각한다. 동백림사건, 민청학련사건, 인민혁명당사건, 부천경찰서성고문사건, 부림사건 그리고 숱한 간첩조작사건 등 한결같이 민주와 인권의 가치를 유린한 사건들이다. 그렇게 고난을 겪은 이들 중 한 사람. 올봄에 만난 '한국판 드레퓌스' 강기훈 씨의 모습은 아직도 생생하다.° 국가가 자행한 폭력에 몸은 병들고 삶은 망가졌다. 그의 인생을 어떻게 보상할 것인가? 그래서 그동안 무고한 사람들에게 몹쓸 짓을 한 사람들에게 묻는다. 지금 그대들의 마음은 어떻습니까? 절대 편안하거나 떳떳하지 않을 것이다. 그래서 정중하게 부탁한다.

'뻔히 아님'을 알고도 온갖 증거 조작과 해괴한 법 논리로 무고한 사람들의 죄를 만든 검찰, '뻔히 아님'을 알고도 판결한 판사, '뻔히 아님'을 알고도 그대로 받아 쓰면서 여론을 왜곡한 언론인, 숱한 고문과 모욕으로 신체적 정신적 고통을 가한 경찰들과 이에 협조한 공무원들, 참회하시라. 진심으로 오직 진심으로 자신들의 허물을 드러내시라. 이제라도 고통을 당한 사람들을 찾아가 그들의 고통을 들으시라. 그 고통을 보고 들으며 가슴에 견딜 수 없는 통증이 느껴질 때 당신은 고백하시라. 어떤 이는 공적 영역에서, 어떤 이는 사적 영역에서 과오를 인정하시라.

자신이 비겁했음을, 부끄러움을 모르고 살았음을. 그래야 당신과 당신의 자녀들도 마음의 짐을 벗고 새롭게 거듭날 수 있다. 업은 사라지지 않는다고 한다. 히말라야가 눈을 품고

○ 1991년 강기훈은 '유서대필 조작사건'으로 징역 3년을 선고받았다. 전국민족민주운동연합 김기설이 분신 사망했고, 김기설의 동료였던 강기훈이 대신 유서를 쓰고 자살을 방조했다는 죄목이었다. 조작 의혹이 있었지만, 유서 필적이 강기훈의 필적과 일치한다는 국과수 감정 결과를 근거로 법원과 검찰은 유죄 입장을 고수했다. 2007년 진실·화해를 위한 과거사정리위원회가 국과수 및 일곱 개 사설 감정 기관에 김기설과 강기훈의 필적을 재감정하면서 대필이 아님이 밝혀졌고, 강기훈은 2015년 대법원에서 무죄 판결을 받았다. 이와 유사한 사건으로 '드레퓌스 사건'이 있다. 프랑스 육군 대위 알프레드 드레퓌스는 1894년 군사기밀을 독일에 팔아넘겼다는 혐의로 국가기관에 체포되어 반역죄로 종신 유배형을 선고받았다. 결정적인 증거는 드레퓌스의 필적이었다. 1898년 소설가 에밀 졸라가 일간지에 드레퓌스의 무죄를 주장하는 '나는 고발한다'라는 기고문을 게재하면서 사건의 진실이 드러났고, 1904년 10년 만에 프랑스 대법원은 드레퓌스의 무죄를 선고하였다.

있듯 우리가 뿌린 선악의 행위는 소멸되지 않고 저장된다. 저장된 의식과 언행의 기억은 깊은 심층에서 재생의 에너지를 품고 씨앗으로 잠복해 있다. 마치 컴퓨터에 온갖 정보가 저장되고 재생되듯이. 고통과 불행이 돌고 도는 윤회란 바로 이런 것이다. 컴퓨터의 정보는 키보드 하나로 지울 수 있으나, 사람의 언행이라는 업은 합리화하고 가린다고 지워지지 않는다. 오직 자신의 생각과 언행이 옳지 않음을 사무치게 알고 크게 부끄러워할 때 소멸되고 새롭게 거듭난다.

인간이라면 무릇 측은지심을 가져야 한다. 측은지심은 차마 견딜 수 없는 마음이다. 무고한 사람들에게 고통을 가한 당신은, 고통을 당한 사람들의 삶을 생각한다면 마땅히 견딜 수 없어야 한다. 또 고통을 가한 당신들의 행위를 결코 견딜 수 없어야 한다. 수오지심이라고 했다. 부끄러움을 알아야 의로운 사람이 된다고 했다. 부끄러운 행위를 부끄러운 줄도 모르고 행한 당신들의 행위를 견딜 수 없어야 한다. 사양지심이라고 했다. 고문과 왜곡은 인간 존엄성에 대한 무례다. 모욕을 당한 사람과 무례를 행한 당신에 대해 견딜 수 없어야 한다. 시비지심이라고 했다. 출세욕이 앞서고 용기가 없어서 옳고 그름을 판단하지 못하고 애써 자신들의 판단을 합리화하고 변명한 당신들의 행위를 견딜 수 없어야 한다.

가장 쉬운 일이 가장 어렵고, 가장 어렵다고 생각하는 그

것이 가장 쉽다. 자신의 허물을 인정하고 참회하는 일은 매우 어려운 일처럼 보이지만, 진실과 용기만 있으면 즉시 할 수 있다. 화해와 상생의 미래는 견딜 수 없는 가슴을 열어 보일 때 열린다. (2016)

공점엽
할머니

시골집 앞마당에 핀 노란 민들레꽃이 가슴을 먹먹하게 물들이는 5월 어느 날, 한 여인이 조용히 생을 마감했다. '공점엽.' 오욕의 역사가 덧씌운 '위안부'라는 이름의 굴레에 묶여 96년 동안 고통과 한을 품고 모진 세월을 견디신 할머니, 그분이 꽃잎이 지듯 이승의 몸을 벗으셨다.

1920년 전남 무안에서 태어난 소녀는, 16세 되던 해 돈을 벌게 해준다는 꾐에 빠져 상하이와 하얼빈 등지로 가 24세까지 일본군 위안소에서 치욕과 모멸을 감내하며 살았다. 해방을 맞자 할머니는 평양을 거쳐 전남 해남에 돌아와 삶터를 잡았다. 그리고 인연을 만났지만, 결혼 8년 만에 남편이 세상을 떠나 홀로 아들을 키우면서 외롭게 사셨다.

공점엽 할머니의 영전에 염불 기도를 하다가 자꾸만 목이

잠겼다. 선한 눈매와 조금은 슬픈 얼굴에는 지난 세월의 절망과 체념, 뼛속까지 사무치는 한과 서러움이 서려 있었다. 그 얼굴 앞에 차마 눈을 바로 하지 못했다. 제국주의 일본과 무능한 조선은 아름답고 꿈 많은 한 소녀의 생을 무참하게 짓밟았다. 세월호의 아픔이 돋는 4월, 광주민주화운동의 함성이 아직도 쟁쟁한 5월에 공점엽 할머니의 얼굴이 겹쳐지자 '국가'라는 기구에 준엄한 질문을 던지지 않을 수 없었다. 국가는 누구를 위해 존재하는가?

오늘날 우리는 부끄러움과 통증을 모르는 시대를 살아가고 있다. 공점엽 할머니로 상징되는 개개인의 존엄과 행복을 지켜내지 못한 과거의 역사를 부끄러워하고 진심으로 미안해한다면, 정부는 정녕 위안부 문제를 그리 쉽게 정치적·정략적으로 합의하지는 않았을 것이다. 이 모두가 인간의 고통과 연민에 대한 통찰과 공감 능력이 부재한 정치가 저지르는 비극이다.

생명의 윤리가 부재한 시대에 새삼 칸트의 정언명령을 떠올린다. "너 자신이나 다른 사람의 인격을 항상 목적으로 삼되 결코 수단으로 삼지 마라." 그러나 예나 지금이나 현실은 늘 가언명령이다. 국가는 국가의 영광과 번영을 위해 끊임없이 개개인을 '국가의 국민'으로 묶고 종속시켜 존엄한 생명을 이념과 욕망의 수단으로 희생시킨다. 또 개인의 존엄을 무시하는 사상과 논리의 오류는 곳곳에 있다. 현대 사회는 인간 개개인의 독립적 주체성을 자본이라는 거대한 괴물 앞에 무릎 꿇리고 있지 않은가? 이런 인류 역사의 비극은 무지와 허구적 욕망에서 비롯된 것일 터이다. 그러므로 이제 우리는 엄청난 착각에서 깨어나야 한다. 이른바 전체의 이익을 위해 소수의 희생은 불가피하다는 생각, 그것은 필요악이라는 생각 말이다.

우리는 엄중하게 말해야 한다. 세상에 필요한 악은 존재하지 않는다고. 그리고 분명하게 말해야 한다. 모든 개인은 민족중흥의 역사적 사명을 가슴에 품고 태어나지 않았다는 것을. 정직하게 말하자. 모든 인간은 존엄한 존재로 자유와 행복을 누리기 위해 살아가고 있다고. 그래서 제자백가의 한 사람인 철학자 양주는 개인의 절대적 존엄성을 이렇게 역설했다. "나는 털 하나를 뽑아서 천하를 이롭게 한다고 해도 절대로 하지 않는다." 나무 한 그루를 소중히 여기며 모든 푸른 생명을 지켜낼 때 비로소 건강한 숲을 이룰 수 있다. 이런 이치를 인간 사회는 겸허하게 배워야 한다.

위안부 문제 합의에 대해 뜻있는 사람들은 조목조목 그 허구성을 반박했다. 그중에서도 정부의 치욕스러운 행태에 대해 분노하지 않을 수 없다. 우리나라 정부는 피해자들과 시민들이 세운 평화비(평화의소녀상)에 대한 일본 정부의 우려가 해결되도록 노력하겠다는 약속까지 했다. 이는 국가가 국민을 지켜낼 의지도 능력도 없음을 천명한 것이다. 일본과 우리나라 정부는 '과거' 유대인 학살에 대한 독일 정부의 진심과 성숙한 '현재'의 행보가 보이지 않는 모양이다.

베를린 독일역사박물관은 1939~1945년 나치 강제집단수용소나 게토에서 나치의 만행으로 고통받은 유대인 50명이 그린 작품 100점을 임차해 전시했다. 또 독일 메르켈 총리는 "나치 만행을 되새겨 기억하는 것은 독일인의 항구적 책임"이고 "역사에는 마침표가 없다"라고 했다. 개개인의 생명을 절대적 목적으로 지향하는 철학이 있는 정치다.

그런데 대한민국이라는 국가는 외면했다. 하지만 신기교회 박승규 목사님과 이명숙 님 등 해남의 착한 벗들은 '공점엽 할머니와 함께하는 해남나비'를 만들어 할머니의 말년이 외롭지 않게 위로하고 할머니에게 기쁨을 선물했다. 대흥사 꽃길을 함께 걷고, 생신상을 차려드리고, 병원에 입원했을 때는 전복죽을 올렸다. 사람이 사람의 손을 잡을 때 사람 사는 세상이 된다. 이제 국가는 사람의 손을 잡아야 한다. 그리고 무엇보다도 측은지심과 수오지심을 회복해야 한다.

공점엽 할머니! 이제 편히 쉬세요. (2016)

꽃들에게
미안하지 않으려면

땅끝마을의 봄은 형형색색 꽃들이 피면서 시작한다. 지난겨울 펄펄 내리는 백설 위에 선연한 자태를 드러낸 붉은 동백에 이어, 3월 내내 매화가 코를 찌르는 향기를 내뿜었다. 지금은 온갖 새들의 노래와 함께 진달래가 온 산을 물들이고 있다. 이토록 눈과 귀가 즐겁다니! 지금 나는 값을 매길 수 없는 청복淸福을 누리고 있다. 행복은 소유하는 것이 아니라 그 자체로 존재하는 것임을 실감한다.

　올해는 큰맘 먹고 암자 곳곳에 산수유, 수국, 수선화, 작약을 심었다. 나도 좋으려니와 암자를 찾아오는 이들에게 꽃공양을 올리고 싶어서였다. 사계절 내내 숲에서 살다보면 꽃이 그저 피는 것이 아님을 알 수 있다. 타는 듯한 가뭄을 만나고 한겨울 모진 추위를 견뎌내야 한다. 병해충에도 맞서야 한다. 인생사와 별반 다르지 않다. 천둥과 무서리, 비바람과 땡볕을 이겨낸 뒤에야 비로소 꽃은 맑은 향기와 고결한 자태로 피어난다. "한 송이 꽃에 우주가 담겨 있다"는 경전 구절 앞에 새삼 뜰 앞의 청매화가 눈물겹고 고맙기만 하다.

매화뿐만 아니라 난초, 국화, 대나무 등 사군자는 선비의 품격을 상징한다. 사군자는 본래 문인화의 소재가 되기 전 춘추전국 시대 사람인 맹상군, 평원군, 춘신군, 신릉군을 가리키는 말이었다. 꽃의 성품과 사람의 인품이 어우러진 것이다. 조선 중기 문신 신흠은 이렇게 예찬했다. "매화는 일생을 추위에 살아도 향기를 팔지 않는다[梅一生寒 不賣香]." 사람과 꽃이 지닌 맑고 높은 품격, 그것은 바로 '지조'라 할 수 있다.

부귀와 권세 앞에서 올곧은 신념을 바꾸지 않는 사람에게 우리는 매화와 대나무의 꽃말을 헌정한다. 그러고 보니 지조라는 말이 낯설게 다가온다. 지조와 함께 시대가 밀어낸 말들을 생각한다. 인품, 의로움, 신념, 청렴, 명분, 어짊, 예의 등. 이런 덕망 높은 말들은 오늘날 출세와 득세 앞에 잊히고 박제되었다. 말[言]의 교체는 가치의 전도이고 삶의 혼돈이다.

꽃이 만발한 봄날, 지조를 상징하는 매화를 보며 불현듯 떠오르는 글이 있다. 일제강점기 하얼빈에서 이토 히로부미를 암살하고 사형 선고를 받은 안중근 의사에게 그의 어머니가 보낸 편지다. "네가 만일 늙은 어미보다 먼저 죽는 것을 불효라고 생각한다면 이 어미는 웃음거리가 될 것이다. 너의 죽음은 너 한 사람의 것이 아니라 조선인 전체의 공분을 짊어지고 있는 것이다. 네가 항소를 한다면 그것은 일제에 목숨을 구걸하는 짓이다. 네가 나라를 위해 이에 이른즉, 딴맘 먹지 말고 죽으라. 옳은 일을 하고 받은 형이니 비겁하게 삶을 구걸하지 말고 대의에 죽는 것이 이 어미에 대한 효도이다."

수의와 함께 보냈다는 어머니의 마지막 편지는 어느 선사의 오도송悟道頌보다 더 큰 울림과 깨우침을 준다. 일신의 안위와 앞날에 대한 두려움에 많은 지식인과 독립운동가가 변절을 서슴지 않던 시대였다. 그럼에도 모성과 인정을 밀어내고 꿋꿋하게 지조와 절개를 지켜낸 안중근 의사의 어머니 조마리아 님이야말로 청청하고 곧은 대나무이며, 긴 세월을 지나 오늘까지 전해지는 매화 향기다. 사적인 이익 앞에서 대의와 명분을 가볍게 버리는 우리의 자화상을 생각하면 한없이 부끄럽기만 하다.

제20대 국회의원 선거를 앞두고 떠오르는 또 하나의 죽비는 조지훈 선생의 《지조론》이다. 이 글은 1960년 〈새벽〉지에 실린 글이다. 혼란스러운 자유당 시절에 지식인과 정치인에게 내린 준엄한 직설이다. "지조란 것은 순일한 정신을 지키기 위한 불타는 신념이요, 눈물겨운 정성이요, 냉철한 확집確執이요, 고귀한 투쟁이기까지 하다." 선생은 이렇게 지조를 정의하면서, 개인의 먹고사는 문제와 명예와 이익을 위해 신념을 버리고 권모술수에 뛰어난 이는 지도자 자격이 없다고 말한다. 또 공인의 무절제와 변절 앞에 절망하는 국민을 염려하고 있다. 그러면서 "한때의 적막을 받을지언정 만고에 처량한 이름이 되지 마라[寧受一時之寂寞 毋取萬古之凄凉]"라는 《채근담》의 구절을 들어, 지도자와 정치인은 지켜보는 국민이 있음을 잊지 말고, 자신의 위의와 정치적 생명을 위해 좀 더 어려운 것을 참고 견디라는 당부를 한다.

50여 년 전 글이지만 오늘의 현실과도 다르지 않다. 또 일제강점기처럼 생명과 생존이 위협받지 않는 오늘날에도, 자신의 권력 유지를 위해 쉽게 말과 처신을 바꾸는 지식인과 정치인에게 안중근 의사의 어머니가 보낸 편지와 조지훈 선생의 지조에 대한 일침은 우리 모두 새겨들어야 할 몫이다.

다가오는 선거에서 우리는 정략과 사적 이익을 따라 변절하는 후보를 잘 가려내야 한다. 꽃 본 듯이 반가운 세상을 만나기 위해 지조와 의로움의 말들을 다시 불러내야만 한다. 이토록 아름다운 봄날, 꽃들에게 미안하지 않으려면 말이다.
(2016)

두 번째
화살

얼마 전 지인에게 전해 들은 사연이 지금도 내내 가슴에 박혀 있다. 지인은 팔순 노모를 모시고 살고 있는데, 어머니가 밭에서 일하다가 그만 가시에 손이 찔렸다. 순간 어머니는 "아야" 하며 아픔을 드러냈다. 아들은 놀라서 어머니의 손을 살펴보았다. 손바닥에 조금 피가 날 뿐, 그리 깊은 상처는 아니었다. 다행이다 싶어 안심했는데, 잠시 후 어머니가 눈물을 펑펑 쏟으며 서럽게 울었다. 아들은 몹시 당황했다. 가시에 찔린 통증 때문에 그리 울진 않을 터인데…. 그저 울음이 그치기를 기다릴 수밖에 없었다. "어머니, 가시에 찔린 게 그리 아프셨어요?" 아들이 조심스레 물었다. "가시에 찔린 순간 아팠지. 그런데 나도 모르게 아버지 생각이 나더구나. '가시에 잠시 찔려도 이렇게 아픈데, 아버지는 얼마나 고통스러웠을까?' 하는 생각에, 울음을 참을 수가 없구나."

　노모의 아버지, 그러니까 지인의 외할아버지는 한국전쟁 당시 어떤 사연으로 북쪽 정권에 사로잡혀 모함을 받고 심한 고문을 당한 끝에 후유증으로 세상을 떠났다. 분단 70년 동안 노모는 아픈 기억을 거의 잊고 살았다. 그런데 우연히 가시에 찔린 통증이 과거의 기억을 불러냈다. 나는 지인의 이 얘기를 듣고 문득 '두 번째 화살'을 떠올렸다. 첫 번째 화살은 어린 시절의 기억이고, 두 번째 화살은 바로 현재 어린 시절의 기억이 재생되는 것이다.

　본디 두 번째 화살이란, 석가모니 부처님이 제자들에게, 어리석음에 빠지지 말 것을 당부하면서 사용한 비유이다. "어리석은 범부나 지혜로운 사람이나 어떤 사태를 만나면 좋고 나쁜 생각을 일으킨다. 그러나 범부는 그 감정에 포로가 되어 집착하지만, 지혜로운 사람은 감정을 갖더라도 그것에 집착하지 않는다. 그래서 어리석은 사람은 두 번째 화살을 맞는다고 하고, 지혜로운 사람은 두 번째 화살을 맞지 않는다고 한다." 어느 누구도 어떤 환경과 상황을 피할 도리는 없다. 다만 그것에 대한 판단, 해석, 감정, 태도에 따라 고통이 발생하기도 하고 그렇지 않은 경우도 있다. 가령 소를 잃고 외양간을 고치지 않아 다시 소를 도둑맞았다고 한다면, 이런 사람은 두 번째 화살을 맞은 경우에 해당한다.

오늘날 두 번째 화살은 다양한 모습으로 우리를 겨누고 있다. 성폭력 피해자에 대해 무책임한 비난과 거짓 뉴스를 퍼뜨리는 경우, 피해 당사자는 억울하게도 두 번째 화살을 맞는다. 이렇게 2차 피해자와 가해자는 동시에 발생한다. 또 어떤 잘못을 저질러놓고 반성하지 않고 은폐하는 자는, 두 번째 화살을 불러들인 경우에 해당한다. 당당히 주체성을 세우지 못하고 타인의 욕망을 욕망하면서 수시로 흔들리는 사람은, 매 순간 두 번째 화살을 맞고 사는 셈이다.

우리는 어떻게, 왜, 두 번째 화살에 노출되어 있는가? 그것은 어떤 사태, 그 사태에 대한 기억의 다양한 시선과 태도가 아닐까? 사건과 사태는 늘 일정한 기억을 남긴다. 그 기억은 때론 다시 아픔을 환기한다. 앞서 말한 70년 전 아버지에 대한 어머니 기억의 재생이 그렇다.

그런데 때론 역설적으로 '망각'이 두 번째 화살이 되어 우리에게로 날아오는 경우가 있다. 느슨한 기억, 불편해하는 기억, 재생하지 않으려는 기억, 굴절된 기억, 과거 종결형으로 가두어버린 기억들이 종국에는 두 번째 화살이다. 불순한 의도를 가진 자들은 다양한 전략과 전술로 대중의 기억을 조정한다.

한 해가 저무는 즈음, 굵직하고 신경을 예민하게 자극했던 사건들 때문에 가려지고, 묻히고, 잊히는 사건들을 헤아려본다. 국정원 프락치 공작사건, 양승태 사법농단 재판, 홍콩 민주화운동과 세계시민 연대, 을지로 재개발 논란, 반려동물과 안락사 논란, 예멘 난민과 이주민 혐오 문제, 비핵화 노선과 핵잠수함 F-35 문제, 기후 위기와 후쿠시마 원전 사고, 가습기살균제 사건, 세월호 참사 등 비참하고 끔찍한 일을 나열하는 것만으로도 숨이 차다.

막막하고 아득하고 어지럽다. 누구나 이런 감정을 갖지 않을 수 없겠다. 그러나 이런 감정에 사로잡혀 기억의 정신 줄을 바로잡지 않으면, 아차! 하고 '두 번째 화살'을 정통으로 맞을 터이다. 우리 기억의 줄이 느슨할 때, 음험한 자들은 우리를 향해 두 번째 화살의 시위를 더 팽팽하게 당길 것이다.

묻는다. 망각을 환영하는 자 누구이고, 망각에 신음하는 자 누구인가? 그리고 기억을 두려워하는 자 누구인가? (2019)

21세기
〈애절양〉

간혹 세속이 한가하면 산중이 번잡하다. 이번 추석 연휴가
그랬다. 긴 연휴를 맞아 이런저런 사정을 가진 이들, 그러니
까 나와 비슷한 처지의 독신 남녀들과 취업 준비생들이 산사
에 찾아왔다. 온 가족이 모이는 명절에 들어야 할 걱정 어린
덕담이 얼마나 부담스러울지 짐작이 갔다. 그러니 아무것도
묻지 않았다. 내버려두었다. 저마다 홀로 방에서 숲에서 조
용히 마음을 고르는 동안, 나는 책 한 권을 꺼내 읽었다. 정
약용의 시 〈애절양哀絶陽〉이 새삼 가슴을 무겁게 눌렀다. "갈
밭마을 젊은 아낙 길게 우는 소리[蘆田少婦哭聲長]/ 관문 앞
달려가 통곡하다 하늘 보고 울부짖네[哭向懸門呼穹蒼]/ 출정
나간 지아비 돌아오지 못하는 일 있다 해도[夫征不復尚可有]/
사내가 제 양물 잘랐단 소리 들어본 적 없네[自古未聞男絶陽]."

정약용이 이 시를 지은 사연은 이렇다. 1803년 갈밭마을 어느 집에 사내아이가 태어났다. 그런데 태어난 지 사흘 된 아이가 군첩에 오르고 마을 이정은 못 바친 군포 대신 소를 빼앗아갔다. 그러자 아이의 아비는 "내가 이 물건 때문에 곤액을 받는구나"라고 울부짖으며 자신의 남근을 잘랐다. 아내는 피가 뚝뚝 흐르는 남편의 남근을 가지고 관청에 가 울며 호소하였으나 문지기가 매정하게 막았다. 죽은 사람과 갓난아이에게도 세금을 물릴 만큼 부패하고 부조리한 조선 후기의 참담한 모습이다.

애절양! 사내는 자신의 남근과 함께 무엇을 자른 것인가. 먹고살기 힘든 세상, 그리하여 인간의 존엄이 더 이상 내려앉을 곳 없이 추락한 세상에 희망의 끈을 잘라버린 것이다. 희망이 사라진 세상은 21세기 우리나라의 현실이다. 고용 불안과 청년 실업은 해결될 기미가 보이지 않는다. 하루에 서른여덟 명의 사람들이 스스로 목숨을 버리고 있다. 청춘은 연애, 결혼, 출산을 포기한 3포 세대를 넘어 9포 세대라 자조하며 절망한다. 결혼하지 않는, 결혼하지 못하는, 그리하여 출산하지 못하는 시대가 바로 21세기 애절양이다. 오늘의 애절양은 바로 불평등하고 불공정한 사회 구조가 만들어낸 민생에 있다. 참여연대 민생희망본부가 기획한 인터뷰집《입에 풀칠도 못하게 하는 이들에게 고함》에 내가 쓴 서문의 일부이다.

"가난이 극한에 이르면 사람들은 스스로 비굴해지고 다른 이에게 멸시를 받게 된다오." (…) 석가모니 붓다의 발언입니다. 붓다의 관심과 고뇌가 생로병사라는 존재론적 범주에만 갇혀 있지 않음을 알 수 있는 대목입니다. 붓다의 시대는 카스트라는 이름의 불평등한 신분 차별이 공고히 자리잡고 있었습니다. 특히 불가촉천민인 하리잔과는 밥을 함께 먹지도 눈길을 주지도 않았습니다. 서로 마주보거나 밥을 나누지 않는다는 것, 그것은 인간에 대한 차별과 멸시가 내면화되고 사회화되었음을 의미합니다. 인간 군상의 서글픈 무지이며 폭력입니다. 이러한 관습에 붓다는 작은 균열을 일으켰습니다. (…) 붓다와 제자들은 부자와 빈민, 계급, 남녀를 가리지 않고 사람들에게 밥을 얻어먹고 함께 말을 나누었습니다. 밥을 나누면서 연민과 자애의 마음을 공감하고 교감했습니다.

밥은 평등이고 존엄입니다. 민생의 지중함이 여기에 있습니다. 몸과 정신은 높고 낮음이나 우열로 차별되지 않습니다. 밥은 몸과 정신이 깃들어 있는 생명의 바탕입니다. 민생을 회복하고 보호해야 할 소명이 여기에 있습니다. 단지 통계와 수치로 민생을 논하는 것은 근원적 해결이 아닐뿐더러 인간에 대한 예의가 아닙니다. 민생 회복은 곧 평등과 존엄, 상생이라는 생명의 근원적 질서를 복구하는 출발입니다.

그러나 우리 시대는 기울어진 운동장에서 길을 잃고 있습니다. '기울어진 운동장'은 여러 이름으로 우리 삶의 모습으로 나타나고 있습니다. 잉여사회, 부품사회, 주거신분사회라는 이름은 차별과 소외의 사회적 자화상입니다. (…) 이 지점에서 새삼 맹자의 진단을 떠올립니다. "생업이 없으면서 착한 마음을 가진다는 것은 오직 선비라야 가능하다. 백성이 생업이 없으면 그로 인해 착한 마음이 없어진다." 항산恒産이 되어야 항심恒心을 이룰 수 있다는 그의 선언은 오늘의 시대에도 여전히 유효합니다.

—서문 〈민생학〉에서

손아람 작가가 2016년 1월 1일 〈경향신문〉에 신년 특별 기고한 '망국望國선언문' 또한 21세기 애절양이다. 손아람 작가가 말한 이야기에 엄중하게 귀를 기울여보자.

잠시 청년들에게 물어주십시오. 줄줄이 늘어선 초록색의 빈 병으로 어지럽혀진 대학가의 술집 취객들에게, 외로움을 둘 공간조차 없이 비좁은 고시원의 세입자에게,

자정의 어둠을 몇 달째 지켜온 무표정한 아르바이트생에게, 이 나라에 무엇을 원하는지 물어주십시오. 그들은 서슴없이 멸망을 입에 담을 것입니다. 감히 멸망을 말하지만 악의조차 감지되지 않는 평온한 목소리에 당신들은 경악해야 합니다.

— 〈손아람 작가 신년 특별 기고 – 망국望國선언문〉에서

한가위 보름달을 바라보면서, 정부와 국회가 민생 문제를 승부를 가리는 정쟁으로 삼지 않고 함께 풀어야 할 화두로 삼게 해달라는 기원을 올렸다. (2016)

똑똑하고
잘난 자식

본디 향기로운 차 한잔과 맑고 고요한 마음은 한길로 통하기에 차담을 할 때는 잡다한 세속 이야기를 삼가는 편이다. 그런데 어느 날, 여러 곳에서 산중을 찾아온 사람들과 이런저런 이야기를 나누다가 촛불시민혁명, 대통령 선거, 태극기 집회로 화제가 이어졌다. 언론에 회자된 이들의 형태에 관한 여러 해석이 오갔고 비난과 비판을 주고받았다. 특히 우리나라 최고의 명문대 출신들이 행한 국정 농단과 몰상식하고 구차스러운 언행을 꼬집었다. 하루아침에 몰락하는 권세의 치욕스러움을 목도하면서, 많은 이들이 선망하는 최고 학벌과 국회의원, 장관, 청와대 수석 같은 높은 직위가 무슨 가치가 있느냐고 입을 모았다. 찻자리에 모인 모두가 공감했다.

그런데 갑자기 돌출 발언이 나왔다. "그래도 나는 저렇게 똑똑하고 잘난 자식 하나 있었으면 좋겠어요." 초등학생 자녀를 둔 한 엄마가 불쑥 내뱉은 한마디에 순간 분위기는 그야말로 급랭했다. 발언 중에 '그래도'라는 말이 내내 가슴에 걸렸다. 모두 어색한 침묵으로 일관했고 난처한 표정을 지었다. 발언한 엄마도 아차! 하는 얼굴이었다. 내가 화제를 돌렸지만, 그날의 차담은 못내 씁쓸했다.

가끔 그날의 발언을 되새겨본다. 지그문트 프로이트뿐만 아니라 많은 심리학자들은 말한다. 대체로 잠재의식 속의 억압된 욕구는 꿈과 농담 혹은 부지불식간에 나오는 사소한 실수와 실언으로 표출된다고. 인간은 누군가를 향해 엄정한 비판을 하지만 역설적으로 비난의 대상을 선망하는 이중성을 가지고 있다. 인간의 전면과 이면, 표층과 심층에 깊고 질기게 웅크리고 있는 이런 속성을 쉽게 비난할 수는 없다. 왜냐면 이게 사바세계를 살아가는 중생의 모습이기 때문이다. 다소 차이는 있겠지만 저마다 가지고 있는 이중성을 솔직하게 인정하고 직시해야 한다. 그 길이 바로 중생이 부처님이 되는 길이다.

다시, 그날의 발언에 대해 의문을 갖고 생각해본다. 세간의 숱한 비난에도 '그래도' 선망하는, 그 '똑똑한 자식'과 '잘난 자식'은 무얼 말하는지. 대학수학능력시험 고득점을 받아 이른바 명문 대학교에 가는 자녀가 바로 그 똑똑한 자식에 해당할 것이다. 입법부와 사법부 혹은 대기업의 높은 직위에 고속으로 올라가는 자녀가 그 잘난 자식에 해당할 것이다. 자녀를 오직 높은 곳에 올려놓고자 하는 우리 안에 내재된 욕망은 사교육과 온갖 편법으로 표출된다.

문제 해결의 첫걸음은 말의 정의와 의미를 바로 세우는 정명正名이다. 자신의 경험과 욕구의 창으로 사물을 보는 것이 중생의 현실이다. 오직 권력과 자본의 무한 충족에 가치를 두는 사람과 정의와 자애가 넘치는 세상을 가꾸는 사람에게 모두 '똑똑하다'라는 말을 붙일 수 있겠지만, 그 의미는 크게 다르다. 석가모니 부처님은 '누가 천박한 사람인가'를 열거하며 어떤 사람이 지혜롭고 훌륭한 사람인가를 짐짓 우회적으로 밝히고 있다. "성내는 마음으로 원한을 품은 자, 위선을 행하며 그릇된 소견을 가진 자, 거짓을 꾸미고 아첨하는 자, 그가 바로 천박한 사람이다. 바른 것을 은폐하고 도리에 맞지 않는 것을 가르치는 자, 나쁜 일을 하고도 숨기는 자, 그가 바로 천박한 사람이다. 생명을 해치고 자애로운 마음이 없는 자, 다른 사람을 핍박하고 압제하는 자, 남의 재물을 빼앗는 자, 그가 바로 천박한 사람이다."

2,600여 년 전 발언이지만 오늘날의 모습에 비추어보아도 생생한 진단이다. 촛불시민혁명 이후 재판을 받는 지난 정권의 사람들을 지적하고 있는 듯하다. 그 사람들의 현재 모습

159

과 화려한 이력을 보면서, 과연 삶의 소중한 가치가 무엇인지 근원적으로 묻지 않을 수 없다. 석가모니는 앞에서 소개한 발언을 마무리하며 이렇게 말했다. 오늘날 교육이 방향을 생각해볼 때 더더욱 가슴 깊이 파고든다.

"사람은 출생에 따라 천한 사람이 되거나 성자가 되는 것이 아니오. 사람은 그 행위에 의해서 천한 사람도 되고 성자도 되는 것이라오."

학벌과 직위에 따라 똑똑하고 잘난 사람이 되는 것은 아니다. 재력과 명성에 따라 훌륭하고 존경받는 사람이 되는 것도 아니다. 정녕 이치가 이러하니 광장에 모여 촛불을 들었던 사람들은 이제 참된 교육의 지표와 방향을 바로 세워야 할 때가 아닌가. 진부하지만 늘 새삼스러워야 할 '교육이 미래다'라는 말을 생각한다. 믿음과 사랑이 넘치는 아이를 원하는가. 그 씨앗은 부모가 삶의 가치를 바로 세우는 일이다. (2016)

지리산,
큰 상징성이 두렵다°

10월 한 달, 지리산에서 지리산을 보았다. 임채욱 작가의 '지리산 가는 길' 사진전이 실상사 선재집에서 열렸다. 임 작가는 지리산을 모두 네 갈래로 보여주었다. 지리산 종주길, 순례길, 실상사길, 예술길이다. 도법 스님은 전시회 개막전에서 지리산을, 광대무변한 품 안에서 뭇 생명의 삶과 정신이 조화롭게 숨쉬고 있는 "장엄한 아름다움"이라고 말했다.

특히 박경리의 소설《토지》의 배경이 된 평사리의 '부부

°　박남준 시인의 시 〈지리산이 당신에게〉에서 "지리산, 그 이름만으로도 자랑스러웠는데/ 이 커다란 상징성이 끔찍해"라는 구절을 변주하였다.

소나무' 사진에 관람객들의 눈길이 오래 머물렀다. 임 작가는 부부 소나무에 남다른 메시지를 담았다고 한다. 이렇게 은은하고 순정한 아름다운 산길과 들길을 훼멸하는 일을 막기 위함이라고 한다. 지금 하동군이 추진하는 '알프스하동프로젝트'에 대한 작가의 저항인 셈이다.

이 프로젝트는 스위스 융프라우 산악 열차처럼 지리산 형제봉 일대에 산악열차와 모노레일, 관광호텔과 편의 시설을 짓겠다는 발상이다. 하동군은 후손들이 100년 이상 먹을거리를 안정적으로 수급할 수 있도록 하겠다는 명분을 내세운다. 또 '돈'이다. 우리 시대가 추앙하는 신은 부처와 예수를 넘어 맘몬Mammon의 신이 분명하다.

"그런데 스님, 어디까지가 환경 파괴일까요?" 전시장에서 알프스하동프로젝트에 대한 설명을 들은 한 관람객이 물었다. 잠시 내 생각이 멈칫했다. 환경의 보전과 파괴에 대한 정의와 범주가 사람마다 다르겠다는 데에 생각이 미쳤다. 직답하지 않고 대신 이렇게 물었다. "저기, 천왕봉이 보이지요? 저 봉우리에 거대한 사찰이나 탑이 눈에 띄게 우뚝 자리를 잡는다면 어떤 생각이 들겠어요?" 그는 "볼썽사납기 그지없을 것"이라고 말했다. 그럼 "실상사는 어떻게 보이느냐"라고 물었다. 실상사는 드물게 지리산 자락 아래 논밭에 둘러싸인 평지에 있다. "네, 산과 들과 절이 참 조화로워요. 평온하고 소박해요." 이어 내가 말했다. "그럼, 실상사 이 자리에 대형 숙박 시설과 놀이터가 있다고 생각해보세요." 그는 "산의 아름다움이 죽을 것"이라고 했다. 내가 조심스레 말했다. "자연스러운 어울림이 환경 보전이고 그 어울림을 깨뜨리면 환경 파괴가 아닐까요?"

지난 2018년 3월, 환경부 장관 직속 환경정책제도개선위원회에서는 설악산 오색케이블카 사업을 '환경적 적폐'로 선정했다. 나는 전문가들의 과학적 근거는 모르지만 오색케이블카가 자연스러운 '어울림'을 심각하게 훼손하는 것임은 안다.

어울림이란 무엇인가? 곁에 나란히 있을 때 서로 볼품없지 않고, 서로 빛남을 의미한다. 나는 가끔 이웃들에게 묻는다. "전망이 좋은 산하에 절이 들어서지 않았다면 지금 전국의 국토는 어떤 모습을 하고 있을까." 아마도 대형 집단 위락 시설로 명산들이 제 모습을 잃지 않았을까. 그러니 절과 산은 고운 심성을 가진 사람들과 어울려 개념 없는 국토의 난개발을 막은 셈이다.

어울림은 조화이고, 공존이며, 서로 빛남이다. 그런데 하동 군수는 산악열차와 지리산과 하동 평원이 매우 잘 어울린다고 생각한다. 그런 착시가 일어난 이유는 매우 단순하다. '당장의 돈'이라는 색안경을 썼기 때문이다.

부처님은 어느 날 제자들과 산정에 올라 이렇게 말했다. "보라! 눈이 불타고 있다. 눈의 대상이 불타고 있다. 눈과 대상의 접촉이 불타고 있다. 탐욕과 어리석음의 불길로 세상이 온통 불타고 있다." 지금 하동군 관계자들이 딱 이런 꼴이다. 탐욕의 눈을 가진 그들은 지리산과 알프스가 어울릴 것이라는 판타지를 보는 것이다. 그런 판타지를 꿈꾸는 남원, 함양, 산청, 구례, 하동 군에 시달린 지리산은 오늘도 불안해서 그만 극단적인 선택을 상상한다.

박남준 시인이 〈지리산이 당신에게〉라는 시에서 이런 세태를 지적했듯이, 정말이지 우리는 모든 것을 잃고 나서야 사무치게 반성하며 순수하고 아름다운 풍경을 그리워할 것인가. (2020)

집은 집集이지,
집執이 아니다

강원도 설악산 백담사 초입에 있는 만해마을에 볼일이 있어 사나흘 머물고 밤늦게 내가 사는 지리산 절로 돌아왔다. 방에 들어와 앉자마자 나도 모르게 이런 말이 저절로 나왔다. "아, 내 집이 좋기는 좋다."

집이라고 하면 가장 먼저 어떤 느낌이 드는가? 아마도 편안하고 따뜻하다는 느낌일 것이다. 눈치 보지 않고 팔다리를 쭉 펴고 쉴 수 있는 곳, 옷매무새를 단정히 고치지 않아도 마음이 편한 곳, 그래서 피곤하고 지친 일과가 끝나면 깃들고 싶은 곳, 아무리 늦은 시간이라도 들어가서 잠을 잘 수 있는 곳이 집이다. 그렇게 집은 사람에게 안전하고 안정적인 보금자리다. 그래서 내 지인은《집으로 가는 길은 어디서라도 멀지 않다》라고 제법 의미 깊은 책의 제목을 지었다.

165

편안하고 따뜻한 집이 되려면 무엇보다 안전해야 한다. 온갖 비바람이 들이닥치지 않고, 맹수와 해충에 공격당하지 않고, 추위를 막고 더위를 피할 수 있다면 최적의 집이다. 선사 시대부터 집은 이런 필요에 의해 거의 본능적으로 지어졌을 터이다. 동굴이 그렇고 움막이 그렇다. 새들과 발이 달린 짐승들의 귀소도 안전이 바탕이었다. 신체의 안전은 곧 마음의 안정으로 연결된다. 인간은 안전하고 안정적인 곳에서 불을 피우고, 밥을 지어 먹고, 서로의 얼굴을 보았다. 웃고, 말하고, 사랑을 나누며 잠을 잤다. 집은 모든 사람과 온갖 사연이 모이는 '집集'이다.

> 오늘 저녁 이 좁다란 방의 흰 바람벽에
> 어쩐지 쓸쓸한 것만이 오고 간다
> 이 흰 바람벽에
> 희미한 십오촉十五燭 전등이 지치운 불빛을 내어던지고
> 때글은 다 낡은 무명샷쯔가 어두운 그림자를 쉬이고
> 그리고 또 달디단 따끈한 감주나 한잔 먹고 싶다고 생각
> 하는 내 가지가지 외로운 생각이 헤매인다
> — 〈흰 바람벽이 있어〉에서

시인 백석에게 있어 집은 온갖 삶의 서사가 모인 온기 있는

166

공간이다. 남루해도 편안하게 쉬는 곳이고, 따뜻한 '감주'를 마시며 '외로운' 삶을 달랠 수 있는 곳이다. 또 '흰 바람벽'이 있는 집은 가난한 '늙은 어머니'가 냉랭한 날에도 '차디찬 물에 손을 담그고' 가족들을 위해 '무이며 배추를 씻는' 사랑이 넘치는 곳이다. 집은 그렇게 사랑이 모이고 사랑을 나누는 곳이다.

그런데 오늘날의 집은 어떠한가. 몸과 마음과 가족과 이웃과 사랑이 모이는 '집集'의 기능을 침범당하고 있다. 사람의 휴식과 인정이 모이는 집이 아니다. 일확천금을 움켜잡는 '집執'이 되어가고 있다. 지금 우리 사회에서 집은 안전하지도 안정적이지도 않다. 말은 거창하게 재테크라고 하지만, 실은 머리 굴림과 돈 장난에 의해 집의 존재 가치가 무너지고 있다.

불안하면 더 이상 집이 아니다. 수용 공간에 가깝다. 집이 거주 공간이 아니라 투기 대상이라는 사실이 슬프다. 집은 괴물처럼 변신하고 아귀의 모습으로 전락하고 있다. 불안해진 우리 시대의 집은 이제 '주거 신분 사회'를 탄생시켰다. 공용 임대 주택에 사는 사람들과 타워팰리스에 사는 사람들 사이에 이질감, 혐오감, 적대감, 우월감, 열등감 등 두터운 벽이 생겼다. 우리 시대의 집은 지친 그림자가 쉬고, 따뜻한 '감주' 한잔과 마주 앉아 '대구국'을 먹는, 든든한 '바람벽'이 아니다.

백석은 〈흰 바람벽이 있어〉 끝에 이렇게 노래한다. "나는 이 세상에서 가난하고 외롭고 높고 쓸쓸하니 살아가도록 태어났다/ 그리고 이 세상을 살아가는데/ 내 가슴은 너무도 많이 뜨거운 것으로 호젓한 것으로 사랑으로 슬픔으로 가득찬다." 그렇다. 돈 때문에 이제는 외롭고 쓸쓸한 감정도 빼앗겼다. 돈 때문에 가슴 뜨거운 것도 호젓한 감정도 느끼지 못한다. 오로지 평수와 값으로 존재하는 집은 더 이상 집이 아니다. 어쩌면 우리는 이상한 유민流民이고 난민難民일지도 모른다. (2020)

내 몸이
사회를 말해준다

최근 몇 달 동안 몸이 심히 아팠다. 늘 쾌적하지 않고 많은 시간 잠을 자고 나도 개운하지가 않았다. 목과 어깨 언저리는 마치 맷돌로 짓눌린 것 같이 무겁다. 수시로 눈에 핏발이 서고 30분 이상 독서를 하면 글자가 흐릿해 보였다. 병원에서 검진을 받았는데 별 이상이 없다고 했다. 그런데도 기력이 없고 현기증이 수시로 일어났다. 뭔가 이유가 있어 내 몸이 쟁의를 일으키고 있음이 분명하다. 모든 현상에는 그럴 만한 이유가 있으니까.

지인의 권유로 지압을 하는 곳에서 치료를 받았다. 치료사에게 몸을 맡겼을 뿐인데, 목과 어깨가 아주 가벼워졌다. 치료사는 간과 신장이 몹시 상했다고 했다. 간과 신장이 좋지 않은 이유는 음식 탓이 아닐 듯싶다. 흔히 말하는 과도한 스트레스가 원인이라고 자가 진단했다. 최근 복잡한 일로 마음이 매우 혼란스러웠기 때문이다. 외부 요인이 내 마음을 건드렸고, 감정을 다스리지 못해 육신의 기능이 손상을 입은 셈이다. 무엇보다도 부끄러웠다. 마음 하나 다스리지 못해 몸이 내게 징벌을 내린 것이다.

몸은 거짓말을 하지 않는다. 의도와 감정은 숨길 수 있어도, 몸을 속일 순 없지 않은가? 중국 춘추전국 시대의 편작은 유기체적인 관점에서 몸을 보았다. 몸은 감정, 사회, 심리 등 다양한 요소들과 유기적으로 결합하여 움직인다. 따라서 마음이 상하면 몸이 상하고 사회가 부정적이면 몸이 부정적으로 바뀐다. 몸과 다른 요소들은 서로 영향을 주고받는 관계다.

이 세상은 인간과 자연 그리고 사회가 유기체적 연결망으로 구성되어 있다. 유기체란 서로 영향을 주고받는다는 의미다. 인간의 탐욕과 무지가 넘치면 자연이 오염되고, 오염된 자연 속에서 사는 인간의 몸과 마음이 건강을 잃는다. 인간과 사회의 연결망 또한 그러하다. 모든 존재가 서로 은혜를 주고받는 관계망임을 모르고 헛된 욕망을 터뜨리는 구성원 때문에, 사회 전체는 멍들고 병든다. 집단 병리 현상이 곳곳에서 발생하고 있다.

사회 변화에 따라 인간의 질병 또한 새로이 발생하고 있다. 과거 전쟁과 기아와 더불어 인간 사회의 재앙이었던 전염병은 의학의 발전으로 이제 거의 해소되었다. 그러나 복잡하게 문명화된 사회, 자본의 전쟁으로 약육강식의 적대적 사회에서, 신종 질병이 탄생하고 있다. 속도와 경쟁의 레일 위에서, 압박이 첩첩으로 가중되는 사회에서, 사람들의 마음은 소외와 우울 그리고 분노와 불안으로 가득하다. 그래서 인간의 감정이 짓눌리고, 쌓이고, 폭발한다. 자본은 불안과 분노를 조장하고 인간의 몸과 마음은 병들어가고 있다. 몸과 마음, 인간과 자연, 개인과 사회가 유기체적 선순환을 못하면서 질병 사회를 만들고 있다.

그러면 우리는 어떻게 해야 할까? 어떻게 악순환에서 선순환의 생태계로 전환할 수 있을까? 어디서부터 질병 사회 악순환의 고리를 끊어야 할까? 분노를 유발하는 사회 구조를 탓할 것인가, 아니면 오로지 내 탓이라고 해야 할까? 유기체적 세계관에서 일방적 원인은 없다. 오로지 '내 탓이오'라거나, 아니면 '너 때문이야'라는 것에서 벗어나야 하지 않겠는가. 유기체적 연결망에서 우리는 '동시적 해법'을 취해야 한다. 동시적 해법은 '나로부터' 출발해야 하지 않겠는가. 나부터 생활의 절제와 균형을 이루어 감정을 조절하고 내 몸을 건강하게 가꾸어야 하지 않을까. 나부터 이웃에게 미소와 따뜻한 손길을 주면서 사회를 건강하게 가꾸어야 하지 않을까. 이제는 질병 사회에서 몸과 감정과 사회의 선순환을 화두로 삼아야 할 때이다. 내 몸을 보면 감정과 사회가 보인다. (2019)

21세기형
아큐와 리플리 씨

초등학교 5~6학년 때였다. 교실 칠판 위에 '정직, 근면, 성실'이라는 교훈이 우리를 엄숙하게 지켜보고 있었다. 어린 나이에도 그 세 단어가 무서웠다. 그리고 우스웠다. 아마도 그때 나는 훈육과 통제의 의도를 직감하고 있었는지 모르겠다. 그래서인가, 《바른생활》 교과서는 재미도 없고 뻔한 소리로 들렸다. 1970년대 국민교육헌장은 우리가 "민족중흥의 역사적 사명을 띠고 이 땅에 태어났다"라고 전 국민의 뇌를 물들이고 짓눌렀다. 국민을 하나로 묶으려는 자들이 사용하는, 그 '정직'과 '성실'은 딴생각하지 말고 딴짓하지 말라는 의도와 의미였다. 그래서 성년이 된 이후에도 줄곧 겸손, 예의, 도덕, 봉사, 정의, 충성, 헌신 등 명사가 주는, 이른바 그 '좋은 말'들을 그리 좋아하지 않았다. 그런 명사가 주는 경직과 강박에서 탈출하고자 의미의 변용과 상상을 불러일으키는, 형용사와 동사가 많은, 시詩의 주변을 기웃거렸다.

그러고 시간이 흘렀다. 우리가 살아가는 공간도 흘렀다. 시공간의 변화와 함께 사물이 변했다. 아니 정확하게 말하자면 사물을 보는 내 인식이 달라졌다. 사물과 사건이 달리 보이고, 그동안 부정했던 몇몇 언어가 낯설어지고, 뒤틀어지고, 새삼스러워졌다. 산과 물이 어제의 산과 물이 아니더니, 내가 사용하던 어제의 언어들이 어제의 언어가 아니었다. 그동안 불신했고 불편했고 그래서 슬쩍 외면했던 언어들이 낯선 새로움으로 다가온다. 정직, 근면, 성실, 예의라는 명사가 새삼 반가워졌다. 비로소 그 '좋은 말'이 좋아졌다. 언어에 부합하는 삶이 진정 길이라고, 그렇게 내 사고는 단순명료해졌다.

'정직하게 살자' '거짓말을 하지 맙시다.' 이 얼마나 좋은 말인가? 그런데 요즘 다시 세상에서 이런 언어가 무시당하고 있다. 아니, 당당하게 활개를 치고 있다. 백주 대낮에 뉴스라는 이름으로, 세미나라는 명패를 달고 공공장소에서 정직하지 않은 사람들이 정직을 발언하고 있다. 이른바 가짜 뉴스의 전성시대가 도래했다. 광주민주화운동에 대한 당당한 가짜 발언을 살펴보자. 북한군 특수부대가 광주에 침투하여 반란에 가담했다고 조목조목 주장한다. 법정에서 가짜 뉴스라고 판결하고 과학적인 방법으로 사실이 아니라고 증명해도 자신들의 '가짜'가 진짜라고 말한다. 그것도 학교 교육을 많이 받은 사람, 박사와 국회의원이라는 사람들이 뻔한 거짓을 당당하게 진실이라고 말한다.

그런데 좀 이상하다. 거짓 발언에 대한 평가와 해석이 이상하다. 언론은 거짓 발언을 하는 사람들이 극도로 보수적 경향으로 기울고 있고 극도로 우파적이라고 평한다. 많이 이상하지 않은가? 상식을 가진 사람 대다수는 그 발언이 거짓이라고 보는데, 그 거짓과 몰상식과 무례를 보수와 우파적 경향의 강화라며 진영 논리로 분석한다. 사실의 왜곡은 사실의 부정보다 더 위험하다. 사실을 부정하는 거짓이 노골적으로 혹은 그럴듯한 논리로(진지한 말장난이라고 해야겠다) 활보하면서, 우리 사회에 정직이라는 말은 다시 움츠러들고 무시당하고 있다. 거짓이 세간의 조롱을 받기보다 세상을 희롱하는 시대, 무엇보다도 거짓에 동조하고 합류하는 사람들이 매우 염려스럽다. 듣자 하니 가짜 뉴스에 동의하는 사람들은 자녀와 친구들이 법적인 혹은 과학적인 증거를 들어 말하며 아무리 가짜라고 해도 믿지 않는다고 한다. 왜 그럴까? 왜 거짓을 사실과 신념으로 받아들이면서 줄기차게 거짓 발언을 하고 있을까?

자신의 현실을 부정하면서 거짓말과 거짓 행동을 반복하는 반사회적 인격을 가진 재능 있는 리플리 씨° 들이 하나의 풍조로 늘어나고 있는 시절이다. 이런 '21세기 리플리 씨'를 신앙처럼 추종하는 사람들은 어떤 심리로 살고 있을까? 혹여 '정신 승리'의 마법에 걸려 있지는 않은지 모르겠다. 루쉰의 《아큐정전》에서 아큐는 동네 깡패들에게 얻어맞고 이렇게 자신을 진단한다. '나는 아들한테 맞은 것과 다름없고, 아들뻘인 깡패들과 싸울 필요가 없으니, 나는 정신적으로 패배하지 않은 것이다.' '21세기 아큐'들은 내면 깊숙한 곳에서 이렇게 말하고 있을지도 모르겠다. '우리는 좌파 빨갱이들에게 핍박을 받고 있다. 그런 놈들과 싸워 이겨야 하니 우리의 가짜 뉴스는 가짜가 아니다. 우리는 결코 거짓말을 하지 않으니 정신적으로 떳떳하다.' 어쩌면 한 개인의 내면에 아큐와 리플리 씨가 절묘하게 동거하고 있는 것은 아닌지. 현상은 복잡하지만, 진단은 단순하다. 거짓은 거짓이다. 정직이 최선의 삶이다.

○ 미국의 소설가 패트리샤 하이스미스의 소설 《리플리》의 주인공.
   톰 리플리는 재력과 수려한 외모를 가진 친구를 죽이고 친구 신분
   을 사칭하여 살해 혐의에서 빠져나오고 재력을 손에 넣는다.

촛불의
또 다른 화두

"악의 열매가 익기 전에는 악한 사람도 복을 받는다[妖孽見福 其惡未熟]. 선의 열매가 익기 전에는 선한 사람도 화를 당한다 [基善未熟 至基善塾]. 그러나 악의 열매가 무르익으면 악한 사람은 화를 당한다[至其惡熟 自受罪虐]." 《법구경》의 선언처럼 인과응보의 법칙은 준엄했다. 마침내 광장의 촛불이 밀실의 어둠을 몰아냈다. 한 방울의 물이 모이고 모여 항아리를 채우고 넘쳐흘러 역사의 물줄기가 되었다. 낙숫물이 한곳에 떨어지고 떨어져서 불통과 거짓의 바윗돌을 뚫었다. 신라의 의상 대사가 말했다. "한 걸음 한 걸음 내딛는 그 자리가 도착점이고, 도달하는 그곳이 바로 시작점이다[至至發處 行行到處]." 이렇듯 역사는 끊임없는 흐름이다.

이제 시민의 촛불은 침착한 분노를 가슴에 품고 한 걸음

한 걸음 새로운 역사의 문을 열어야 한다. 그러나 아직은 시비와 대립을 벗어나자고 말할 때가 아니다. 이는 자칫 무책임한 발설이 되고 오용될 수 있는 문법이다. 지금은 오히려 시비와 맞서야 하는 시절이다. 대립과 갈등의 고리를 끊어내려면 '시是'와 '비非'가 분명하게 가려져야 한다. 정치, 경제, 문화 그리고 일상의 곳곳에서 불공정한 반칙과 독점이 해소되지 않는 상황에서 일어나는 갈등과 대립을 그대로 둔 채, 아름답게 말하는 화해와 상생의 구호는 모순이고 비겁이고 왜곡이다. 시비를 바로 가리지 못해 갈등이 일어나는 이치를 우리는 두고두고 유념해야 한다.

광장에 모인 시민의 촛불은 '그릇됨'을 몰아내고 '바름'을 세운 혁명이다. 이제 차분하게 촛불이 밝혀야 할 우리 시대의 어둠을 찾아보자. 힘들고 불편하지만 '시'를 세우기 위해 '비'를 드러내보자. 가장 먼저 민주주의의 파행과 역행의 원인을 찾아내야 한다.

소 잃고 외양간을 고친다고 할지 모르나, 외양간을 잘 고쳐야 다시 소를 잃어버리지 않는다. 민주주의 파행과 역행을 낳게 한 원인은 하나가 아니다. 지도자의 무능과 불통, 측근들의 농단, 진영 논리의 고착화, 지역감정, 제왕적 대통령제, 대의민주주의의 한계 등 복합적이다. 모두 나름대로 일리가 있는 지적이다.

이를 막을 수 있는 대안은 하나다. 바로 '깨어 있는 시민의 결집된 힘'이다. 촛불은 그 시민의 힘을 보여주었다. 우리의 숙제는 시민의 힘을 어떻게 지속시켜 나가느냐에 있다. 앞서 말했듯 먼저 깨어 있어야 한다.

생각해보자. 투표와 시위만으로 시민의 몫을 다한 것인가. 대의민주주의의 허점은 투표를 통해 주권을 위임하는 순간 주권을 빼앗긴다는 데 있다. 나라의 주권이 국민에게 있다는 '주권 재민'을 지키려면, 주체적 판단과 결정 그리고 냉엄한 감시가 필요하다. 깨어 있다는 것은 스스로 어떤 주변의 장벽에 갇히지 않고 사심 없이 주체적으로 판단하고 결정함을 의미한다. 깨어난다는 것은 어떤 체제와 관습에 자신도 모르게 '길들여진' 관념과 관행을 직시하고 해체하는 일이다.

우리 사회는 내면화되고 사회화된 단단한 장벽이 시민의 주체적 판단을 가로막고 있다. 지역과 계층, 세대 간의 장벽, 자본을 으뜸으로 섬기는 기득권에 의해 세워진 장벽이다. 그런데 왜 우리는 이런 장벽에 갇히는 것인가. 무엇보다, 깊이 생각하지 않고 주어진 대로 습관적으로 판단하고 결정하기 때문이다.

주체적 사유의 혁명을 역설한 니체는 말했다. "뱀이 허물을 벗지 않는다면 마침내 죽을 것이다. 인간도 그럴 것이다. 낡은 사고의 허물을 벗지 못하면 성장하지 못하고, 내면에서 썩기 시작해서 끝내 죽을 것이다. 늘 새로운 삶을 위해 우리는 사고를 새롭게 전환하지 않으면 안 된다."

니체는 사유하지 않는 자의 노예적 삶에 대해서도 경고했다. "자신의 의견을 갖는 것이 성가시다고 생각하는 사람들은 돈을 지불하고 상자에 든 화석을 산다. 이 화석은 곧 타인의 낡은 의견이다. 그리고 그들은 돈을 주고 산 의견을 자신의 신념으로 삼는다."

주체적으로 판단한다는 것은, 내가 반드시 옳다는 생각에서 벗어나는 것이다. 입장을 바꿔 바라보고, 사적 이해득실을 떠나 상생하는 방안을 찾는 것이다. 무엇보다 지금까지의 내 생각을 바꾸는 것에 대한 두려움에서 벗어나는 것이다. 광장의 촛불이 밀실의 어둠을 비추었다면, 이제 각자의 내면의 동굴을 비춰봐야 할 때이다.

"우리는 지배 권력에 훈육되지 않는 삶의 속성을 길러야 한다"는 미셸 푸코의 말처럼, 지금 나도 모르게 길들여진 것들이 과연 무엇인가를 다시 집요하게 찾아보아야 한다. 길들여진 것들이 다시 우리를 길들이고 있으니 말이다. 촛불의 또 다른 화두다. (2016)

헌 부대에
새 술을 담아보니

얼마 전 문자로 지인들에게 어느 단체의 결의문을 보냈다. 내용을 요약하면 이러하다. "기후 위기와 전면적인 생명의 위기는 우리 모두가 겪고 있는 '가장 근본적이고 절실한 문제'이다. 오늘의 기후 온난화, 생태계 파괴는 내일의 기후 파탄과 종의 대절멸로 치닫고 있다. (…) 상황은 절박하고 시간도 촉박하다. 우리는 앞으로 10년 안에 나의 생명, 뭇 생명, 지구 생명의 위기를 극복할 결정적이며 전면적인 대전환을 반드시 이루어야만 한다. (…) 생명살림운동은 이 시대 우리 사회 최고의 운동이다." 그리고 어떤 곳에서 쓴 결의문이라고 생각하는지 물었다. 답은 비슷했다. 실상사에서 나온 결의문이라고 했다. 간혹 어느 환경 단체나 대안적 마을운동을 하는 곳에서 쓴 결의문 같다고 했다. 결의문의 핵심 문장을 보면 그렇게 출처를 짐작할 만하다. 그런 답변을 보내온 지인들에게 출처를 알려주었다.

'2019년 10월 29일, 전국새마을지도자 일동.' 1972년 대통령령으로 설치 발족한 '새마을운동중앙협의회'가 모태가 된 새마을운동중앙회에서 결의한 내용이다. 이 결의문은 실상사에서 마련한 지리산 연찬회라는 공부 모임에서 새마을운동 관계자가 발표한 것이다. 모두 크게 놀랐다. 실로 놀랄 수밖에 없지 않은가. 우리는 우리의 반대편에 있다고 생각하는 사람들에 대해 믿지 않고 적대시하는 경향이 있고, 그들을 의심하거나 무시한다. 예부터 행한 행위를 보고 판단하기 때문이다. 반면에 의심과 무시의 대상이 되는 당사자들은 자신들이 쌓아온 업적과 지난날의 영광을 기억하며 존재의 의미를 부여한다. 나름의 신념, 가치, 관행을 과감하게 바꾸려 하지 않는다. 바꾸는 일이 절대로 쉽지 않기 때문이다. 가치와 방향, 사업의 전환은 자신들 역사의 부정이요 왜곡이라고 생각하기 때문이다.

비록 빛과 어둠이 함께하고 있지만, 빈곤과 절망을 걷어내고 근대화에 나름 공헌한 새마을운동은 역사적 가치 평가를 받을 만하다. 그럼에도 독재 시대 정신적인 유산을 물려받은 사람들과 그에 기대고 있는 새마을운동의 퇴행이 안타까웠다. 당연히 진보적인 사람들뿐만 아니라 곳곳의 사람들은 새마을운동을 버려야 할 구시대의 유물로 여겼다. 그렇게 여겨졌던 새마을운동이 변하고 있다는 소식은 그야말로 희소식이다.

결의문 전문을 읽고 실천 항목을 보았다. 그중 하나가 "남을 탓하며 중앙과 지방정부에 의존하지 않고, 생명살림 국민운동을 펼치겠다"라는 결의다. 진정성이 보였다. 그들은 유기농업과 유기농 태양광 발전소를 건설하고 비닐과 플라스틱 사용을 억제하며 지구 온난화와 미세먼지를 줄이는 운동과 함께 땅심과 밥상을 살리는 운동을 하겠다고 결의했다. 철학과 현장 실천이 조화로웠다.

이런 결의와 실천이 놀랍거니와, 이렇게 변할 수 있고 변하려는 시도와 용기는 더 놀랍기만 하다. 새마을운동의 변화와 전환은 대립하고 대결하는 우리 사회에 성찰과 갈 길을 제시하고 있다. 지금까지 걸어온 길과 지금의 자리가 불변의 진리임을 고집한다면, 적대적 관계는 해소되지 않을 것이다. 각자가 성찰하고 변화할 때 서로를 보는 시선이 변하고 신뢰하고 상호 존중하게 된다.

새로움은 과거와 관행에 머물지 않는 끊임없는 변신을 의미한다. 지금 새마을운동은 미래지향적 현재진행형의 새로움이다. 흔히 '새 술은 새 부대'에 담아야 한다고 한다. 그러나 이 말 또한 관습적 사고다. '헌 부대에 새 술'도 가능하다.

아니, '오래된 부대에 새 술'이라고 해야겠다. 이렇게 변신에 성공한다면 새마을운동은 '오래된 미래'로 도약할 것이다.

지금 우리는 성찰의 시대, 전환의 시대를 맞고 있다. 전국 새마을지도자 일동은 '생명'을 아끼고 살리며 '평등을 넘어선 평화' '인권을 넘어선 공경'을 공부하고 실천하는 전 지구적 연대와 확산을 바랐다. 미혹의 문명을 넘어 깨달음으로 가는 문명의 전환을 꿈꾸고 있다. 가슴을 울린다. 아! 정말 새마을운동 아닌가. (2020)

단군 할아버지가
좋아하실 일

최근 수행처를 땅끝마을 대흥사 일지암에서 지리산 실상사로 옮겼다. 이 절과 인연이 깊다. 청년 시절 조계종 승가결사체 선우도량을 실상사에서 만났다. 이후 '화엄학림'이라는 공부 모임에서 《화엄경》을 공부하면서 존재들이 그물망으로 연결된 생명의 기적과 신비에 눈을 떴다. 실상사는 대안 공동체 삶을 지향하고 있다.

이 절에서 겪은 소박하고 따뜻한 추억이 하나 있다. 이 절은 일요일 아침 한 끼를 공양하지 않는 날로 정했다. 그런 결정을 내린 계기는 이렇다. 절 앞 마을에 거처를 둔 공양주 보살님이 계셨다. 노보살님의 기쁨은 주말이면 찾아오는 손주들과 오붓한 시간을 보내는 일이었다. 그런데 일요일에는 절을 찾는 대중의 식사를 준비하기 위해 새벽부터 일해야 하는 처지였다. 이를 알게 된 절 식구들이 모여 궁리 끝에 일요일 아침 공양을 생략했다. 덕분에 노보살님은 토요일 늦은 밤까지 손주들과 오순도순 지내고 다음 날 아침 늦잠까지 주무실 수 있었다. 생각해보면 그 노보살님께 '배려'라는 말을 붙이는 건 사실 염치없고 무지하다. 타인의 고된 잠과 시간을 담보로 우리는 넙죽넙죽 밥을 얻어먹은 셈이다.

이와는 다른 씁쓸한 절집 공양의 기억도 있다. 어느 해 봄날이었던가. 오후 2시쯤 가족으로 보이는 대여섯 명이 공양간에서 밥을 먹을 수 없겠느냐고 물었다. 절집 점심은 대개 오전 11시에 시작해 오후 1시면 끝난다. 이런 사정을 말씀드리고 절 아래 식당을 찾으라고 말씀드렸다. 그런데 대뜸 가족 일행 중 할아버님이 버럭 화를 냈다. "내가 돈이 없어서 여기서 밥을 달라고 하는 것인 줄 아시오? 절밥 좀 먹으려고 한 것인데, 언제부터 절집 인심이 이리 야박해졌소." '아하! 이분은 절밥에 대한 추억을 간직하신 분이구나'라는 생각이 들어 조용히 말씀드렸다. "선생님, 여기는 큰 절인지라 매번 많은 사람이 밥을 먹습니다. 작은 절과 달라 공양 시간이 지나면 밥을 드리기가 어렵습니다." 공양을 담당하는 분들이 새벽 4시부터 음식을 준비하기에 온종일 노동의 강도가 벅차니 점심 이후 두 시간 정도의 휴식이 필요하다고 말씀드렸다. 이런 설명에 다들 수긍을 하는데 할아버님은 아랑곳하지 않았다. 절집 사람들은 자비심이 있어야 하는데 이래서는 안된다는 것이다. 그러면서 "절집 인심도 이제는 옛날 말이네" 하며 혀끝을 차면서 발길을 돌렸다.

그때 새삼 '자비심慈悲心'에 대해 생각했다. 자비심이 뭐지? 한자로 의미를 풀어보면 사랑과 연민이다. 그런데 경전에서는 연민에 더 무게를 둔다. 먼저 이웃의 아픔에 공감이 있어야 사랑이 나올 수 있기 때문이다. 동체대비同體大悲가 이를 두고 하는 말이다. 맹자가 말한, 그냥 보기에는 차마 견딜 수 없는 마음인 불인지심不忍之心과 결이 같다. 이 때문에 연민은 당연히 내 이웃의 처지에서 시작하는 것이지 나의 상황에서 비롯하지 않는다. 절집의 자비심을 운운한 할아버님은 자비심을 말하기 전에 음식을 준비하는 분들의 노동에서 오는 '피로'를 먼저 헤아리려 했다. '한창 잠을 자야 할 새벽에 일어나 일하면 얼마나 힘들까'라는 헤아림과 공감이 앞서야 했다. 여기까지가 대비大悲에 해당한다. 그다음 대자大慈는 어떻게 행해야 할까. 추억의 절집 밥을 먹고는 싶지만, 음식을 준비하는 사람들의 노동과 시간을 배려해 기꺼이 발길을 돌리는 것이다. 상대의 입장에서 헤아리고 작은 마음을 보태는 일, 이렇게 대자대비는 완성되는 것이 아니겠는가.

요즘 '배달의 민족'이란 말이 널리 쓰이고 있다. 전국 곳곳에 걸쳐 촘촘하고 빠르게 물건을 배달해주고, 먹고 싶은 음식도 스마트폰으로 주문하면 신속하게 배달해준다. 그런데 택배 기사님들이 '택배 없는 날'°을 요구한단다. 그 심정 충분히 이해할 만하다. 우리는 이웃의 위험과 과도한 노동을 담보로 편리함을 누리고 있지 않은지 생각해봐야 한다.

시간·공간·사람은 삼위일체다. 쉴 시간이 주어져야 사람은 사랑하는 사람들과 한 공간에서 좋은 감정을 누린다. 불교 경전에는 돈 없이 보시하는 법이 있다. 조금의 불편에 자발적으로 동참한다면 이 또한 대자대비의 보시다. 배달의 민족은 홍익인간의 이념과 가치를 추구해왔다. 사회적 합의로 택배 없는 날을 정해 시간을 보시한다면 단군 할아버지가 개천절보다 더 좋아하실 것이다. (2019)

° 2020년 8월 14일 '매년 8월 14일'을 '택배 쉬는 날'로 정했다. 고용노동부는 한국통합물류협회 및 주요 택배사와 함께 전체 택배 종사자가 쉴 수 있도록 '택배 종사자의 휴식 보장을 위한 공동선언'을 발표했다.

슬픔에
유효기간이 있을까

"부활의 아침, 죽음을 넘어 부활하시는 4·19, 5·18, 4·16의 선한 민중들의 영혼을 맞이합니다. 부활의 은총이 충만하소서. 샬롬 알레헴." 부활절 아침에 공부 모임의 벗인 신부님이 보내온 메시지다. 새삼 4월은 참 아프고 슬프고 원통한 달임을 알아차린다. 온통 연두색 수목과 산 벚꽃이 점점이 수놓은 신록의 향연에 감탄사를 내뱉는 내가 심하게 부끄럽다. 더없이 푸르고 아름다운 4월과 5월의 산하는 깊은 통증으로 신음을 내뿜는다.

4월과 5월의 아픈 날들을 생각해보니, 광주민주화운동과 세월호 참사를 가까이에서 보았다. 민주화를 외치던 무고한 시민들에게 총칼을 휘두르는 현장에서 야만의 얼굴을 보았다. 부처님과 악마가 어떻게 갈리는지 보았다. 내가 사는 땅이 진도와 가까운 까닭에 세월호 유가족들의 아픔과 절망을 곁에서 보았다. 지옥이 다른 곳에 있지 않고 지금 여기에 있다는 사실도 알았다.

지금 여기에 있는 지옥을 누가 만들었을까. 우리 곁에 있는 사람들이 만들었다. 길을 잘못 들어선 사람들이 만들었다. 자본과 권력을 탐하는 사람들, 상생과 사랑의 가치를 외면한 사람들이 살상하고 폭력을 행사하면서 지옥을 만들었다. 무엇이 생명에게 이토록 지울 수 없는 아픔과 상처를 주어야만 했을까. 진달래꽃, 동백꽃을 보며 기뻐하고 웃는 얼굴을 이념과 권력과 자본이 할퀼 자격이 있는가.

이 나라 이 땅의 산하는 푸르고 푸르다. 눈이 부시게 푸르다. 그런데 내 곁에 있는 사람들의 아픔과 고통을 가슴으로 슬퍼하는 사람들, 이들의 눈에는 푸르고 푸른 산하가 온통 슬픔의 빛이다. 연민의 가슴으로 세상을 보기 때문이다. 천당과 부처님이 어느 먼 곳, 어떤 특출한 사람들에게만 있는 것이 아님을 안다. 지금 여기 사람들이 바로 연민과 사랑의 부처님이 되고 천국을 만들어가고 있다. 야만에 맞서 저항하는 사람들이 있고, 아픔 곁에서 위로하는 사람들이 있다. 오직 사람만이 문제이고 사람만이 희망임을 본다.

"이 사람아! 뭐라도 좀 먹소. 자네가 먹어야 힘내서 자식도 찾고 싸우제." 세월호 참사 이후 진도 사람들이 유가족에게 건넨 말이다. 1년, 2년, 3년…. 자녀들을 기다리며 엉터리 거짓 해명과 싸우면서 지쳐가는 유가족들 곁에서, 이 땅의 평범한 진도의 부처님들이 지그시 유가족들의 손을 잡고 밥을 먹으며 건넨 한마디다. 자식을 바다에 남긴 가족들이 말했다. 그 어떤 말보다도 그때 그 사람들이 '눈물'을 흘리며 '손'을 잡고 건넨 '밥'과 애절한 '말' 한마디가 큰 위로가 되었다고. 그 위로의 힘으로 버티고 견딘 것 같다고.

위로는 이렇게 진심과 열심을 담은 가슴과 손으로 전하는 일이다. 그러기에 섣부르고 서툰 위로는 조심하고 삼갈 일이다. 산 사람은 살아야 한다고, 세월이 가면 잊히는 법이라고, 더 큰 일을 당하고도 사는 사람도 있다고, 이런 말들은 부디 삼가야 할 일이다. 슬픔에 유효기간이 있을까. 당사자의 아픔이 다른 아픔과 어찌 바꿀 수 있는 아픔이겠는가. 슬픔과 아픔은 당사자가 감내하는 무게다. 위로와 사랑은 오직 곁에 있는 사람들의 몫이다.

그런데 4월과 5월의 아픔 한복판에서, 엄숙한 역사 앞에서, 왜곡과 거짓으로 변명하는 사람들이 있다. 화나고 서글프기만 하다. 부처님과 예수님은 무지와 탐욕에 제정신 못 차리는 이들에게 더 없는 연민을 보냈을까. 그러나 우리는 순결한 슬픔의 힘을 믿는다. 정직한 통찰을 믿는다. 용기 있는 발언자들의 뜨거운 연대를 믿는다. 거짓 앞에 맞서 참여하고 연대할 것을 다짐한다. 슬픔과 연대하고 사랑에 참여할 것을 다짐한다. 이 다짐이 우리가 할 수 있는 위로라고 믿는다.

부활절 메시지를 받은 날,《요한복음》한 말씀을 전하며 슬픔의 치유, 역사의 부활을 소망한다. "진실과 사랑은 부활이요 생명이다. 진실과 사랑을 믿는 사람은 죽어서도 살고, 또 살아서 진실과 사랑을 믿는 모든 사람은 영원히 죽지 않을 것이다."(2019)

저마다 그럴 만한
이유가 있다

"참 좋은 인연입니다." 어느 봉사 모임의 표어를 보면 절로 입가에 미소가 번진다. 따뜻하고 신선한 긍정의 감정이 가슴에 스민다. 이와 반대로 "너하고는 참 지독한 악연이다"라는 말에는 그만 우울해진다. 불교에서 특히 자주 사용하는 인연이라는 말을 우리는 삶터에서 일상 용어로 사용하고 있다. '인연이 있으면 다시 만나자' '옷깃만 스쳐도 삼천 생을 함께 살았다'라는 말은 만남의 소중함을 의미한다. 또 '우리는 인연이 아닌가보네요'라는 선언은 관계의 어려움을 의미한다.

관계의 끈이 얽히고 꼬이고 떨어지는 현실에서 우리는 살아가고 있다. 어떤 연유로 좋은 사이도 틈이 벌어지고, 다시는 보고 싶지 않은 사이가 된다. 만나고 싶지 않은 사람들을 어쩔 수 없는 까닭으로 만나며 살아가기도 한다.

간혹 단순한 질문을 한다. 고통은 피해 갈 수 있는가? 정확하게 말하자면 고통을 불러오는 갈등과 사건들은 애초부터 일어나지 않을 수 있는가? 그리고 부처님과 역대 성인들의 일생을 살펴본다. 온갖 번뇌와 괴로움에서 벗어난 그분들에게는 과연 악연이 없었을까? 물론 진리를 탐구하고 깨침을 얻고자 하는 사람들이 찾아와 가르침을 구했으니 좋은 인연들이 모였을 것이다. 그러나 경전의 기록을 보면 절대 그렇지만은 않다.

극단적으로 부처님과 예수님을 배신하고 반역한 제자들이 있었다. 데바닷타는 부처님의 제자로서 교단의 실권을 장악하려고 부처님을 음해하고 등을 돌렸다. 가롯 유다 또한 예수님의 마음을 아프게 한 제자였다. 누구나 삶의 여정에서 내가 원하지 않은 악연을 피해 갈 수 없음을 역사와 현실은 말하고 있다. 그것뿐만이 아니다.

석가모니 부처님은 깨달은 이후 45년을 대중과 함께 수행하고 가르침을 전해왔다. 긴 세월 동안 적지 않은 사건과 사고가 있었다. 개인적인 일탈이 있었다. 함께 살아가는 승단에서 혹은 저잣거리에서 세속인과 불협화음을 일으킨 제자들이 적지 않았다. 그래서 개인적인 일탈이 발생하면 그것을 경계하는 계율이 생겨났다.

사람과 사람의 사이에서 갈등과 시비가 발생하면 조정하

고 해결하는 멸쟁법滅諍法°이라는 매뉴얼과 제도가 만들어졌다. 그때나 지금이나 인간사는 사건과 사고의 연속이다.

누구도 피해 갈 수 없는 사건과 사고, 갈등과 시비를 그분들은 어떻게 대면했을까를 생각해본다. 먼저 제자들이 저마다 온갖 사연을 가지고 서로 화내고 미워하고 공동체의 화해 분위기를 무너뜨릴 때, 부처님과 예수님의 마음은 어떠했을까? 분노와 미움은 아예 없었을 것이다. 왜냐면 그분들의 마음은 이미 연민과 자애로 가득하기 때문이다. 바로 이 대목이 부처와 중생을 가르는 지점이 될 것이다. 갈등과 시비를 불러오는 사건은 늘 부처님과 중생에게 똑같이 다가온다. 저마다 환경이 다르고, 생각이 다르고, 가치가 다른 중생들이 다른 생각과 주장을 하는 것은 당연하다. 갈등을 대면하는 바로 그 순간! 어떻게 받아들이고 처리하느냐에 따라 천당과

° 《율장》〈멸쟁건도〉에서 승가 분쟁을 해결하는 일곱 가지 방법으로 칠멸쟁법七滅諍法을 제시했다. 현전비니現前毘尼, 본인이 있는 데서 시비를 다스려라. 억념비니憶念毘尼, 쟁론이 일어났을 때 잘못을 기억하고 증명하게 한 뒤 죄의 여부를 따져라. 불치비니不痴毘尼, 정신착란으로 논쟁이 일어났다면 정상으로 회복한 뒤 묵인하라. 자언치自言治, 스스로 지은 죄를 고백하여 쟁론을 그치게 하라. 다인멱죄多人覓罪, 쟁론을 다수결로 결정하라. 멱죄상覓罪相, 문책과 힐난으로 죄를 다스려라. 여초부지如草覆地, 오래 시비를 가리지 못할 때는 누운 풀이 땅을 덮듯 죄를 덮는다.

지옥 그리고 부처님과 중생의 길이 드러날 것이다.

명색이 수행자인 나도 때로는 갈등과 시비를 겪으며 산다. 내 처신이 갈등을 불러일으키지 않도록 나름대로 조심하지만, 마음대로 되지 않는다. 오해와 왜곡과 비난을 받기도 한다. 나는 이런 의도로 이렇게 말하고 행동했는데, 다른 사람이 저런 의도라고 달리 해석하면 서운해한다. 이럴 때는 어찌해야 할까? 먼저 저마다 나름의 '그럴 만한' 이유가 있다고 생각한다. 그 사람이 그렇게 생각하고 해석할 수밖에 없는 이유에 내 생각을 비워놓고 관심을 가진다. 예전에는 내 생각이 옳다고 설득하는 편이었다. 그러나 요즘은 먼저 경청에 집중한다. 진지하게 귀를 열어 그의 말을 들으면 대략 가닥을 잡을 수 있다. 그가 그렇게 생각하는 그럴 만한 이유에 공감하면 비로소 대화가 가능해진다.

내 경험을 통한 갈등 조정법은 이렇다. 생각 내려놓기, 진지한 경청과 공감 그리고 침착한 대화. 내가 옳다고 생각하고 생각에 힘을 넣는 설득은 상대방이 설득당해야 한다는 의도가 깔려 있다. 설득보다는 공감이 먼저다. (2019)

3부. 닦는 일

그릇에 더러움이 가득하면
맑은 물을 담을 수 없는 법

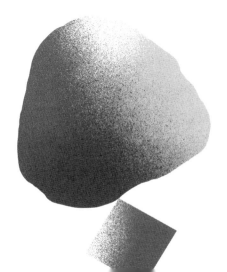

목탁이 귀중할까,
걸레가 귀중할까

템플스테이의 여러 가지 프로그램 중 스님과의 차담은 인기 순위에서 부동의 1위다. 차담의 인기가 왜 그리 높을까? 아마도 수행자들에게서 세상 보는 눈을 얻어 인생의 지침으로 삼고픈 마음이 있기 때문이겠다.

템플스테이 참가자 대부분은 불교가 심오하고 깊이 있는 종교라고 생각한다. 그리고 스님들은 세속인과는 무언가 다를 거라고 생각한다. 불자가 아니더라도 수행자를 향한 막연한 기대감이 있다. 세상은 욕망과 갈등덩어리에 불과한데, 수행자는 이를 과감히 벗어난 사람이며 매우 특별한 뭔가가 있다고 생각한다. 그래서 참가자들은 스님과의 대화를 통해서 제3의 무언가를 얻고 싶어 한다. 그중 하나가 스님에게 귀한 말씀을 듣고 싶은 열망이다. 그리고 스님의 말 한마디에서 자신의 삶에서 지남이 될 귀한 가르침을 얻어가곤 한다.

어느 날 참가자들이 스님과 차담을 나누며 뜻깊은 시간을 보내고 있었다. 그러던 중 스님이 참가자들에게 이렇게 질문했다. "목탁이 더 귀중할까요, 아니면 걸레가 더 귀중할까요?" 다들 어이없다는 표정을 지었다. 당연히 목탁이 중요하다고 생각했겠다. 그러자 스님이 다시 이렇게 질문했다. "여러분 방이 굉장히 지저분합니다. 목탁이 청소해주지 않습니다. 염불할 때 걸레는 필요하지 않습니다. 그럴 때야말로 걸레가 목탁입니다. 모든 존재는 쓰임새에 따라 그 자체로 소중합니다."

모든 존재는 본래부터 귀하고 소중한 존재로 규정되어 있지 않고, 쓰임새에 따라 값이 정해진다. 아무리 옷을 잘 입어도 신발이 없다면 돌아다닐 수 없다. 진수성찬 앞에서 수저가 없으면 먹지 못한다. 이런 방식의 대화를 하다보면 사람들은 생각이 금세 바뀐다. 사람들은 대화를 통해서 일상적인 것들, 작은 것들에 대해 보는 눈이 달라진다. 지금까지 모든 가치 기준의 중심이었던 이익과 실용성의 관념에서 벗어나 관점을 바꾸게 된다. 새롭게 눈을 뜨는 계기가 되어주는 스님의 한마디에 사람들은 환희심을 갖는다. 그리고 존재의 의미를 새삼 깨닫고, 관계의 방식을 다시 정립하게 될 것이다. 대화가 바로 수행이다. (2020)

상상, 질문, 대화

조금은 무료하게 느껴지던 어느 날, 큰절 대흥사에서 템플스테이를 담당하는 행원화 보살님이 한 청년을 모시고 왔다. 보살님은 의미 있는 차담을 원하는 사람들을 모시고 온다. 청년은 대안학교에서 공부했고 자발적으로 과를 선택해서 철학을 전공하고 있다고 자신을 소개했다. '요즘 세상에 밥이 안 된다는 철학을 하다니, 참 신통한 청년일세.' 내심 반가워서 좋은 차를 내면서 이런저런 가벼운 이야기부터 꺼냈다. 청년의 관심 분야가 남달랐고, 사유와 성찰이 기본인 공부를 하니, 말이 통할 수 있는 바탕은 있겠다 싶어, 먼저 돌발적 질문으로 수작을 건넸다.

"그대는 중국의 만리장성과 이집트의 피라미드에 가본 적이 있는가?"

"가보지는 못했으나 사진과 영상으로 많이 보았습니다."

"그래, 그럼 만리장성과 피라미드를 볼 때 어떤 생각이 들었는가?"

"(한참 뜸을 들이다가) 글쎄요, 별다른 생각을 해보지 않았습니다."

"철학과 학생이니 지금이라도 '별다른' 생각을 해야 하네. '엄청 크다, 위대한 문화유산이다, 관광객이 많이 가겠구나'와 같은 상투적인 생각 말고 다른 생각을 해보게."

"별다른 생각이 쉽게 떠오르지 않습니다. 스님께서 가르쳐주십시오."

"이런! 이 사람아, 자네는 나의 이런 질문에 빠르게 답이 나와야 하네. 그리고 나에게 답을 가르쳐 달라고? 내가 말하면 자네는 내 말을 '정답'으로 생각할 셈인가? 지금 자네는 철학과 학생으로서 치명적인 실수를 한 걸세. 왜 그런가? 자네는 늘 누군가의 답을 기다리기 전에 먼저 자네가 먼저 의심하고 질문을 해야 하지 않겠는가?"

"알겠습니다. 그런데 스님이 말씀하시는 질문이라는 게 무엇입니까?"

"질문이란, 다른 사람들이 보는 대로 보지 않는 것이 아닐까 하네. 지금 눈을 감고 만리장성과 피라미드를 다시 상상해보게. 완성된 '지금'의 건축물을 보지 말고 '당시' 건축하고 있는 모습을 생생하게 상상해보게나. 뭐가 보이는가? 어떤 소리가 들리지 않는가?"

"(표정이 점점 심각하게 굳어지며) 아! 그렇군요. 그 공사장에서 일하는 사람들은 막강한 권력자에게 강제로 징발을 당했고, 부실하게 식사하면서 관리에게 채찍질을 당하며 힘들게 노역을 하고, 공사하는 과정에서 사고로 많이 죽기도 했겠네요."

"그렇지. 그 희생자들을 사랑하는 가족의 품으로 돌려주지도 않고 대충 매장했다고 하네. 자, 노역한 사람들의 고통을 보았으니 이제 누구의 고통이 보이는가?"

"강제로 징발된 사람들의 아내, 자식, 부모님이 보입니다. 얼마나 그립고 슬펐을까요? 무엇 때문에 수많은 죄 없는 사람들이 이렇게 끌려와서 희생되어야 했을까요? 사람들을 희생시키면서 왜 그런 건축물을 만들어야 했을까요? 진시황은 그곳에서 죽어가는 사람들을 보며 어떤 마음이 들었을까요?"

"그렇다네. 나는 거대한 성과 무덤을 볼 때마다 위대하고 아름답다는 생각이 들지 않네. 그 속에서 인간의 절규가 들리는 듯하네. 층층이 쌓아 올린 견고한 성벽에서 인간의 어리석음과 폭력성을 본다네. 가슴에 한없는 슬픔과 분노가 솟구친다네."

"이제 조금은 알겠습니다. 인문학에서 말하는 '상상'과 '질문'이 무얼 말하는지 알겠습니다."

"그런가? 잘 들어주고 말해주어 고맙네. 이제 만리장성과 피라미드가 다른 모습으로 보일 걸세. 모든 사물과 현상은 그것이 생성되기까지 숱한 연결망을 가지고 있네. 그 연결을 집요하고 치밀하게 추적하고 해석하는 작업이 철학 공부가 아닐까 하네. 참 의미 있는 찻자리였네." (2019)

무엇이
사람의 마음을 흔드는가

한여름 산중 수행자들에게 청산靑山과 백운白雲은 결코 한가롭게 보이지 않는다. 휴가철을 맞아 지인들의 방문이 잦은 절집의 객실은 늘 만원이다. 요새는 하루에도 대여섯 번 넘게 찾아온 벗들에게 차 대접을 한다. 오죽하면 평시 여유롭게 사는 과보를 단단히 받는 것이라고 위로할까. 비록 몸은 힘들지만, 세간의 시주와 은혜로 맑고 아름다운 처소에서 복된 삶을 누리고 있으니, 그 미안함과 고마움을 조금이라도 덜 수 있어서 다행이다 싶다.

수행자가 속세를 떠난다는 말은 이제 옛말이 된 지 오래다. 본디 출가 수행이 그런 의미도 아니거니와, 교통과 통신이 발달한 지금 오히려 산중은 세상과 소통하는 데 최적의 공간이다. 이런 좋은 공간을 함께 나누는 일이야말로 산중 절집과 세상이 소통하고, 지혜와 자비를 나누는 첫걸음이라고 생각한다. 경전에서는 돈 들이지 않는 일곱 가지 보시를 말한다. 공간 나눔이 그중 하나다. 산중 암자를 찾은 이들은 제각각 삶터에서 갈등과 시비로 입은 마음의 상처를 내려놓고, 사색하고 성찰하며 자기 내면을 바라본다. 그러고는 벅찬 감동을 안고 돌아간다. 청정한 자연이 그간 메말랐던 감성에 촉촉함을 선물한 것이다.

사람은 낯선 규칙 속에서 비로소 생각하기 시작한다. 낯선 규칙은 일상의 익숙한 관념과 습관으로부터 이별하는 삶을 말한다. 우리는 별생각 없이 넘치게 많은 말을 하고, 많이 사들이고, 많이 소비한다. 애처로운 자기 존재 증명이다. 이를 《사피엔스》의 저자 유발 하라리는 '인공본능'이라고 했다. 사방 푸름이 둘러싼 산중에서는 '쌓고, 늘리고, 분주한 움직임'에서 벗어나 '덜어내고, 쉬고, 고요하게 침묵'하며, 자신과 세상을 보는 눈을 바꾸게 된다. 자연은 문명에 오염된 우리의 생각과 감정을 회복시키는 힘을 가지고 있다.

그러나 산의 청정한 기운은 누구에게나 스며들지 않는다. 그 마음이 겸허하고 고요하지 않으면 산은 한낱 '객관의 정물'에 머문다. 산山과 도道는 사람을 멀리하지 않는데 사람이 산과 도를 멀리한다는 의미가 이를 두고 하는 말이겠다.

두 해 전 인문학 공부를 한다는 대도시의 경영인들이 정약용과 초의 선사의 자취를 찾아 남도를 답사하면서 암자를 찾았다. 돈을 다루는 사람들이 인문학을 공부한다기에 흐뭇했는데, 그들의 언행에 적잖은 충격을 받았다. 마침 그날 인근 군부대의 관심 병사들이 와서 수련하고 있었다. 산중 암자에서 20대 청년들을 보는 게 신기했던지, 경영인들은 호기심 어린 눈으로 쳐다보다가 청년들이 보살핌이 필요한 관심 병사임을 알곤 혀를 차며 한마디씩 했다. "아주 한심한 놈들이네. 군대 참 좋아졌다. 예전 같으면 정신병원에 가두었는데…." 그 순간 나는 심장이 얼어붙는 듯했다. 인문학을 공부하겠다는 것은 바로 사람을 이해하기 위함이 아닌가. 그런 이들이 이런 편협하고 경직된 시선으로 사람을 바라보다니. 그들에게 인문학은 대체 무엇을 위한 공부인가. 깊은 회의가 일었다.

인간에 대한 연민과 자애에 바탕을 두지 않는 학문은 자신을 치장하는 한낱 지적 유희에 머물 뿐이다. 그 일을 겪으며 새삼 '무엇이 사람의 마음을 흔드는가'를 생각했다. 몇 해 전 산중 암자에서 젊은이들과 함께 삶의 고민과 모색을 나누는 '청년 출가학교'를 진행했다. 그때 청년들에게 특별한 사유의 기회를 주고자 훌륭한 인문학자들을 여럿 초대했다. 청년들은 강의에 진지하게 몰입했다. 그런데 청년들의 마음을 강하게 흔들었던 것은 인문학자들의 강의만이 아니었다. 출가학교가 열리는 1주일 동안 음식을 만들어준 공양주와 온 갖 뒤치다꺼리를 도맡았던 자원봉사자들이었다. 폭염 속에서 내 한 몸 덥다고 푸념하기에도 바쁜데 다른 사람들을 위해 정성스럽게 음식을 만들고 편하게 해주려는 모습이 감동적이었노라 고백했다. 입맛 잃은 청년들에게 누룽지를 슬며시 건네주는 손길에서 사람과 사람 사이에 무엇이 흘러야 하는지를 알았다고 했다.

지극한 마음을 담으면 밥은 곧 따뜻한 마음이 된다. 마음이 마음을 흔드는 이치를 새삼 깨달은 여름날이었다. (2018)

잠시 멈추면
내 안의 어둠은 사라진다

"미워하는 사람이 있느냐"라는 질문을 가끔 받는다. '수행자도 감정을 가진 인간인데 어찌 사랑하고 미워하는 사람이 없을 수 있겠는가'라는 생각으로 물었을 것이다. 아마도 묻는 이는 인간관계에서 갈등과 애증에 대해 고민하고 있을 터이다. 그래서 수행자도 때로는 미워하는 사람이 있다는 말을 들으면 그는 내심 위안 삼을 수도 있겠다. 그렇다고 해서 그의 의도에 맞춰 말할 수는 없다. 이런 질문에 나는 분명하게 말한다. "불편한 사람은 있습니다." 그렇다. 흔연하게 말을 나누고 싶지 않은 사람, 함께 있으면 마음이 편하지 않은 사람이 있다.

　오랫동안 알고 지내는 사람들이 있다. 바르고 옳고 선량하게 살아가는 분들이다. 그런데 그중에서 몇 분을 만나면 마음 한편이 편하지 않다. 한 번도 내색한 적은 없지만, 그러나 어쩌랴. 막상 만나면 절로 조심스러워지고 짐짓 말을 아끼게 되고 서먹한 기운을 감지한다. 이유는 분명하다. 두 가지 이유가 있는데, 먼저 그분들의 언사와 태도가 나를 몹시도 힘들게 한다. 내게 무리한 요구를 하거나 무례한 언행을 하지 않는데도 말이다.

사람과 사람은 만나면 즐거워야 한다. 그런데 그와 만나면 그렇지 않다. 그가 하는 대화의 주요 내용은 타인에 대한 비난이다. 우리 사회 각 분야에 대해 논리적으로 분석하고 비판한다. 구구절절 맞는 말씀이기는 한데, 만날 때마다 분노와 멸시가 섞인 비판이니 듣다가 지친다.

그가 나도 함께 아는 지인을 비난하면 '저 사람은 지금 자신이 비난하고 있는 사람들과 만나서 나를 험담할 수 있겠구나'라는 생각이 든다. 그러니 그와 마주하기가 힘들다. 그리고 그는 여러 지식을 인용해 남을 비난하고 자기 자랑 또한 많이 한다. 그런 상황에서 무심하게 마음 챙기기는 힘든 일이다.

그런데 곰곰 생각해보니 나보다 그가 걱정이다. 가끔 만나는 나는 그때 애써 표정 관리만 하면 된다. 서로 마음이 다치지 않을 정도만 반응하면 된다. 타인에 대한 비난과 자기에 대한 자랑, 이 둘의 내면을 따라가면 여러 가지 요인이 뿌리를 두고 있다.

가장 뿌리 깊은 심리 작용은 분노다. 이 분노는 얼핏 보면 외부를 향한 분노로 표출되는 듯하지만, 정밀하게 살펴보면 자기를 향해 있다. 고요한 시간에 정직하게 자신을 응시해본다면 자기 내면에 도사린 화를 알 수 있다. 그는 '언제든 총을 쏠 준비'를 한 사람이다.

이럴 때 석가모니 부처님은 말한다. 멈추고 살피고 결단하라고. 그는 안다. 절대 모를 수 없다. 사람들이 자기를 왠지 조심스레 대하고 있다는 사실을 어렴풋이 알고 있을 터이다. 그런 느낌을 모를 리 없다. 그런데 문제는 그 원인을 명확히 알지 못하는 데 있다.

그는 '편하고 즐거운 감정'이 사람과 사람 사이에서 얼마나 소중한지 모를 수도 있다. 오직 세상을 분석하고 비판하는 지적 능력만을 키워왔을 수도 있다. 그러니 그는 만나는 사람들에게 편하고 즐거운 느낌을 원하지 않을 수도 있다. 왜냐면 그건 그리 중요하다고 생각하지 않기 때문이다. 불편한 분위기를 감지한다면 그는 그 원인을 찾아야 한다. 그 원인을 온통 외부에서 찾는다면 불만과 원망만 커질 뿐이다.

'사회 구조적 모순'이라는 말을 지식인과 운동가들은 즐겨 사용한다. 그러나 이러한 진단이 모든 곳에 적용되는 것은 아니다. 어떤 결과에는 그에 맞는 원인과 조건이 있다. 나의 내면에 저장된 분노, 결핍, 열등감, 욕구 불만 등이 원인이 돼 발생한 괴로움과 갈등이라면, 이를 사회 구조적 모순 탓으로만 돌리는 것은 명백한 오류다.

이제 맺어보자. 화가 나고 불안하고 고립감을 느낄 때는 멈춰야 한다. 왜 멈추는지 묻는다면, 살피기 위해 멈춰야 한다고 답하겠다. 정직하고 침착하고 엄정하게 나의 내면의 심리와 그간의 언행과 처신을 바라보기 위해 멈춰야 한다. 그리고 내면에 깃든 어둠을 인정해야 한다. 이런 어두운 여러 모습이 나에게 깃들어 있음을 고백해야 한다. 멈추면 보이고 바라보면 사라진다. 어두운 모습이 사라진 자리에 평온과 기쁨이 찾아온다. 그래서 '텅 빈 충만'이라고 하지 않는가.

(2020)

붙잡거나
붙들리거나

요새는 유독 직장에서 은퇴하신 분들이 산중 암자를 자주 찾는다. 큰 절 대흥사에도 은퇴 기념 템플스테이를 하는 사람들이 많다. 암자에 올라오면 그분들과 차를 마시면서 정담을 나눈다. 주로 듣는 편이다. 그들은 지난 삶을 회고하고 의미를 부여한다. 앞으로 살아갈 날을 걱정하고 지혜를 구한다. 세상 물정 속속들이 모르는 산승이 무얼 조언하겠는가. 그분들 중에는 노년의 삶에 관한 여러 책을 읽고 강좌를 들으며 나름대로 미래를 계획하면서, 은퇴 이후의 삶을 차분하게 준비해온 분들도 있다. 나는 다만 그분들의 구상에 적절한 추임새를 넣는다. 그리고 그동안 내가 만난 나이 드신 분들에게 받은 인상과 소견을 덧붙인다.

산세가 수려하고 공기 좋은 산중 암자의 차담이 마냥 한가하고 즐거운 것만은 아니다. 때로는 지독한 고역을 넘어 고문을 당한다고 느낄 정도의 차담도 있다. 끝도 없이 자기 자랑에 열을 올리는 사람, 불만과 분노를 무섭도록 쏟아내는 사람, 타인을 폄하고 험담하며 지금 자기가 무슨 말을 하고 있는지도 모를 정도로 횡설수설하는 사람, 자신의 삶은 말하지 않고 자식과 가문의 영광을 늘어놓으며 인정 투쟁에 목말라하는 사람까지 다양하다. 이들과 눈을 마주하고 귀를 열고 보면 수십 년 수행한 내공도 바닥을 드러내려고 한다. 그럴 때는 이런 주문을 마음에 새긴다. '얼굴에는 미소, 가슴은 관세음보살.'

현재 자신의 삶을 살지 못하는 사람을 만날 때 안타깝고 연민이 든다. 이른바 '오늘을 살아라'라는 카르페디엠이 절실한 분들이 의외로 많다. '오늘'의 자리에 '어제'를 얹고 사시는 분들이 있다. 내가 가끔 만나는 어느 분은 언론계와 정계의 경력을 두루 거쳤다. 그런 그가 시쳇말로 잘나가다가 어느 날 출세의 날개가 꺾이고 말았고, 10년 넘게 좌절과 절망의 늪에서 빠져나오지 못하고 있다. 그는 옛날에 인연을 맺은 지인들을 만나면 늘 과음하며 화려했던 전력을 자랑한다. 본인이 얼마나 한국 사회에서 대단한 자리에 있었는지를 은근 과시하고자 당시의 인맥을 줄줄이 늘어놓는다. 좋은 노래도 매번 들으면 심드렁하고 지겨운 법이다. 지인들은 죽을 지경이다. 그래서 그를 피한다. 당연히 외롭고 고독할 수밖에 없다. 그럼에도 그는 화려했던 한 시절을 붙들고, 아니 붙잡혀 살아가고 있다.

내 도반 스님이 어느 날 이렇게 말했다. "석가모니 부처님은 생로병사의 고통을 말했는데, 요즘 사람들은 그보다 훨씬 심각한 고통에 사로잡혀 있는 것 같습니다." 그 고통은 다름 아닌 '비교분별고'란다. 이웃과 비교하고 과거와 비교하면서 결핍과 열등감에 자승자박하고 있다는 것이다. 맞는 말인 듯하다. 세월이 흐르면 젊은 피부는 자연스레 탄력을 잃고 목에 주름이 생기는 현상은 당연한 이치인데도 거울을 보고 속상해한다. 지위에서 물러나면 주변의 시선과 관심도 그에 맞추어 자연스레 변하는 법이다. 그럼에도 우리는 과거의 지위와 인기를 붙들고 살며 자기를 알아주지 않는다고 서운해한다. 세상사가 무상하다는 단순한 이치를 모르는 큰 어리석음이다.

무상이란 무엇을 말하는가? 몸과 감정, 인간관계 등 모든 것들이 불변의 모양으로 영원토록 고정돼 있지 않다는 뜻이다. 변하지 않는 것은 무엇인지 점검해보라. 세상사는 어떤 조건들이 관계를 맺으며 형성된다. 그리고 새로운 조건에 따라 변한다. 그 변화에 따라 생각을 바꾸는 사람이 지혜로운 사람이다.

고여 있는 물은 썩는 법이다. 인간은 폭력과 착취 등 반윤리적인 행위로 고통과 갈등을 일으킨다. 악행이 아니더라도 그 무엇에 집착하면 구속과 불안이 따른다. 이른바 고령화 시대를 맞아 몸의 건강을 챙기면서 아울러 마음의 건강도 함께 챙기면 어떨까. 마음의 건강은 과거를 붙잡지 않는 일에서 시작한다. 송나라의 야부도천 선사는 '그 무엇으로부터 자유'를 이렇게 노래했다. "나무를 찾아 가지를 잡음은 그리 기특한 일이 아니니[得樹攀枝未足奇] / 벼랑에 매달렸을 때 손을 놓을 줄 알아야 대장부라네[懸崖撒手丈夫兒] / 물은 차고 밤은 서늘한데 고기 찾기 어려우니[水寒夜冷魚難覓] / 빈 배에 달빛 싣고 돌아가네[留得空船載月歸]." (2019)

정녕
그것이 괴로움일까

푸름이 더욱 짙은 5월 산중에 가랑비가 고요히 내린다. 이런 날 내리는 비에는 냄새가 스민 듯하다. 그래서 해남에 있는 윤선도의 집 '녹우당綠雨堂'은 집 이름으로는 으뜸 중 으뜸이다. 초록비가 내리는 집이라니, 낭만과 격조가 넘치는 이름이다. 그러나 우리가 살아가는 집은 풋풋한 감성의 비가 1년 내내 내리지 않는다. 하늘은 공평하게 사람이 사는 집에 초록비를 내려주지만, 그 집에 사는 사람들은 갈등하고 다투며 산다. 불안하고 압박에 시달리며 산다. 그래서 온갖 종류의 괴로움이 따른다. 〈사철가〉°는 인생을 이렇게 노래한다. "어화 세상 벗님네들 이 내 한 말 들어보소/ 인간이 모두가 백년을 산다고 해도/ 병든 날과 잠든 날 걱정 근심 다 제하면/ 단 사십도 못 살 인생 아차 한 번 죽어지면/ 북망산천의 흙이로구나."

　오죽하면 부처님은 이 세상을 한마디로 일러 '삼계화택三界火宅'이라고 단언했겠는가. 불타고 있는 집이니 평온하고 즐거울 수가 없다. 또 인간의 불안하고 어두운 내면의 마음 상태를 분석하고 분류했다. 108개의 번뇌가 자신을 수시로 공격하며 괴롭힌다고 했다. 부처님은 괴로움이라는 병을 네 가지 혹은 여덟 가지라고 진단했다. 이 여덟 가지는 누구도 피해 갈 수 없는 숙명과도 같은 괴로움이다. 태어난 자는 늙고 병이 든다. 그리고 〈사철가〉의 노랫말대로 '북망산천의 흙'으로 돌아간다. 생로병사의 고통이다. 그리고 이에 네 가지를 더한다. 좋아하는 것을 늘 곁에 두지 못하는 괴로움, 싫어하는 것을 피해 갈 수 없는 괴로움, 구하고자 하는 것을 맘껏 취할 수 없는 괴로움, 그리고 자신에게 있는 감각이 무언가를 끝없이 갈구하는 괴로움이다. 숨을 고르고 생각해본다. 여덟 가지 괴로움의 특징은 무엇인가. 누구도 피해갈 수 없다는 점이다. 이러한 괴로움을 안고 불안정한 삶을 살아갈 수밖에 없는 인생길에서, 괴로움의 극복은 최우선 과제다.

그런데 깊이 생각해보면 이 괴로움에 무언가 이상한 점이 있다. 생로병사는 몸과 이성과 감각을 가진 인간이라면 피할 수 없는 괴로움이라고 했다. 그러면 생로병사의 고통을 해결하기 위해 세간과 이별하고 6년 수행 끝에 깨달음을 얻고 해탈한 석가모니 부처님을 어떻게 해석해야 하는가. 해탈과 열반이란, 모든 괴로움이 소멸되고 궁극의 자유와 평온과 행복을 이루었다는 의미다. 분명 고통이 완전히 해소된 경지가 해탈이고 열반이다. 생로병사의 고통에서 해탈했다면 부처님은 늙거나 병들거나 죽지 않아야 한다. 그러나 부처님 역시 몸이 늙고 쇠약하는 과정을 겪었다. "조금 쉬었다 가자. 나도 이제 몸이 쇠약해졌다. 지금 내 몸은 마치 낡은 수레와 같구나." 시자 아난에게 하신 말씀이다. 그리고 때로는 병에 걸려 극심한 통증을 겪었고 의사의 도움도 받았다. 그러고 80세에 생애를 마감했다. 어떤가? 모순이라고 생각할 수도 있지 않은가?

모순일 것 같은, 이 질문에 답을 해보자. 그리하여 문장을 다시 구성해본다. "생로병사의 괴로움을 극복했다"를 친절하게 다시 설명해본다. "부처님은 생로병사를 바라보는 잘못된 인식을 해소했다. 그리고 그릇된 인식에서 발생한 불안과 공포에서 벗어났다." 다시 더 구체적으로 확인해보자. 묻는다. "늙음과 죽음, '그것'이 괴로움인가?" 답한다. "아니다." 다시 묻는다. "좀 더 상세하게 설명해보라." 다시 답한다. "예를 들면 이렇다. 대개 사람들은 몸이 쇠락하는 모습을 바라보며 우울해하고 슬퍼하고 원통해한다. 젊은 시절을 생각하며 말이다. 그리고 한 번도 경험해보지 않은 죽음에 대해서도 불안해하고 무서워하는 느낌과 생각을 가진다."

그렇다. 이제 적확하게 말할 때가 되었다. 노쇠와 죽음, 그것은 슬프고, 불안하고, 괴롭고, 무서운 것이 아니다. 그것에 대한 나의 느낌과 생각이 슬프고, 괴롭고, 불안한 것이다. 불안하고 괴로운 느낌과 생각이 불안하고 괴로운 것이지, 결코 노쇠와 죽음 그것 그 자체가 불안과 괴로움을 주는 것이 아니다.

상식적으로 바라보고 판단해보자. 여기 지금 나와 우리, 그리고 부처님과 예수님은 무엇이 같고 다른가? 몸과 마음을 가지고 있다는 점이 같지 않은가. 보고 듣고 맛보고 생각하는 감각 기능은 범부 중생과 성인이 한 치도 다르지 않다. 몸을 가진 부처님은 늙고 병들고 죽었다. 이 또한 우리와 조금도 다르지 않다. 그런데 그들이 몸의 쇠락과 죽음에 대해 불안하고 초조했는가. 부처님이 늙음과 죽음을 앞두고 온갖 신통한 요술로 생명 연장의 꿈을 꾸었는가. 담담하게 늙음을 바라보고 평온하게 죽음을 맞이했다. 이 대목이 범부 중생과 부처님의 다른 점이다.

같은 몸과 마음을 가진 부처님과 내가 왜 다른가. 그것은 앞서 말했다. 같은 대상을 다르게 본 것이다. 늙음과 죽음, 그것이 괴로움을 주는 것이 아니라, 그것에 대한 나의 그릇된 생각과 그에서 불안과 초조, 괴로움이 발생한 것이다. 괴로움을 해소하고 즐거움을 성취하고자 하는가. 우리가 하루하루 마주하는 그것들에 대한 해석을 어떻게 하고 있는지 살펴보자. (미발표)

도망가도
따라온다면

"스님은 참 좋으시겠어요?" 40대 중반의 남성이 차를 마시며 이렇게 말한다. 부러움과 함께 고단한 표정이 얼굴에 역력하다. "왜 그리 말씀하세요?" 내심 짐작은 하지만 짐짓 이렇게 묻는다. "이리 좋은 산속에 사시니 근심 걱정 없이 사시잖아요." 내 예상이 맞았다. 그는 현실에서 여러 가지로 괴로운 것이다. 직장에서 부여하는 목표치를 달성해야 하는 중압감에 시달리고 있을 터이다. 진급도 걱정해야 하고 동료와 크고 작은 갈등에 마음이 편안하지 않은가 보다. 또 집안에서도 자녀를 키우기가 적지 않게 힘들 것이다. 그리고 친구들의 집 평수와 연봉을 비교하면서 열등감과 자괴감도 느끼며 살아가고 있을 것이다. 나는 알고 있다. 산중 수행자의 삶이 왜 부러운지를. 먹고사는 문제, 부모와 자녀 부양 등 온갖 현실적인 문제에서 자유로운 내가 부러웠을 것이다. 그런 그에게 나는 차마 이렇게 말할 수 없다. 당신이 택한 길이니 감당해야 하지 않겠냐고.

생계형 출가라는 말은 세상 사람들에게 낯설다. 그런데 실제 우리 절집에서는 그런 사람들이 종종 있다. 그저 세상사의 모든 것들이 힘들고 두렵고 싫어서 산문에 들어선 사람들이다. 그런 사람들은 얼마 동안은 마음이 매우 편안하다고 자족한다. 그러나 그런 감정은 그리 오래가지 못한다. 다시 불안해한다. 왜 그럴까? 분명 갈등과 괴로움의 공간에서 벗어났는데 뭔가 모를 불안이 수시로 자신의 마음을 엄습한다. 이유는 간단하다. 어떤 미련과 갈등과 불안을 유발하는 습성이 마음에 남아 있기 때문이다. 몸이 편안하다고 마음이 절로 편안해질 리 없다.

그런데 곰곰 생각해보자. 나를 불편하게 하고 힘들게 하는 사건 사고 없는 삶은 실제 가능한 것일까? 절대 불가능하다. 어찌 사람과 사람 사이에서 아무런 충돌이 없을 수 있겠는가. 서로가 다른 데 차이와 충돌은 당연하지 않겠는가. 예수님과 부처님의 생애를 살펴봐도 늘 제자들이 사사건건 사고를 쳐서 바람 잘 날 없는 일상이었다. 그래서 우리는 말한다. 삶은 어차피 불편한 것이라고. 하늘 아래 소나기 내리지 않는 곳은 없다고.

여기서 '고통 해결사'인 부처님의 지혜를 빌려 정리해보자. 먼저 괴로움에 대한 정의를 제대로 하자. 21세기 첨단 문명을 누리며 사는 분들은 불편하고 귀찮은 일을 괴로움으로 착각하고 있는 듯하다. 속도가 느리고, 복잡하고, 몸이 힘들고, 가치와 취향이 맞지 않아서 발생하는 감정을 괴로움이라고 생각한다. 그러나 불편함과 괴로움은 반드시 동의어가 아니다. '불편하고 귀찮고 힘든 일은 반드시 없어야 하고 피해가야 할 것들'이라는 그 생각이 생각의 오류는 아닐까. 사소한 것들에 대해 필요 이상으로 의미를 부여하고 짜증내는 관성과 태도를 버리지 않으면, 늘 일상이 힘들 것이다. 그래서 사소한 것에 목숨 걸지 말라는 말도 있지 않은가.

다음으로 생각해보자. 정녕 괴로움은 의미가 '없는' 것일까? 또 의미 '있는' 괴로움은 내게 어떤 의미가 있는 것일까? 괴로움은 직시의 대상이지 결코 회피의 대상이 아니다. 괴로움 그 자체가 반드시 내 삶에 유해한 것도 아니다. 인간은 의미와 공감과 감동을 양식으로 하여 살아간다. 그래서 가치와 의미를 체험할 수 있다면 기꺼이 힘든 일도 기쁨으로 감내하지 않는가. 자녀 교육을 위하여 어머니는 짬짬이 식당에서 일을 하고, 사람의 생명을 구하기 위해 119구급대원은 위험을 피하지 않는다. 또 기아와 병으로 고통을 받는 사람들의 고통을 덜어주려고 의료인은 기꺼이 아프리카 오지에서 헌신하지 않는가.

그러므로 괴로움은 마치 문장에서 앞과 뒤를 연결하는 접속사와도 같다. '힘들어서 괴롭다'와 '힘들지만 보람 있다'라는 맥락으로 괴로움은 무의미/의미로 방향을 잡는다. 어떤 이는 그저 내게 시련이 오지 않기를 바라거나 도망가려 한다. 어떤 이는 그 시련을 통해 자신을 성찰하고 성숙하고자 한다. 그러니 선택은 각자의 몫이다.

일상의 크고 작은 어려움과 불편함은 늘 내게로 오기에 도망가지 말자. 도망가면 이자가 붙어 내게로 온다. 인내와 지혜로 잘 풀어야 한다. 인간사의 갈등은 '고르디우스의 매듭' 끊기가 아니다. 우리는 갈등을 거듭 맺는다. 그렇지만 갈등으로 인한 괴로움 자체가 내 인생의 불행으로만 오지는 않는다. 오직 괴로운 상황을 어떻게 보고 어떻게 받아들이는지가 문제다. (미발표)

붙잡으면
휘둘린다

"부처님은 당신의 민원을 해결해주시는 분이 아닙니다." 법당에 계시는 부처님 앞에서 이것저것 소원 성취를 주문하는 분들에게 내가 이렇게 말하면 분위기가 가라앉는다. 본인들에게는 나름대로 간절한 바람이겠지만, 그분은 당신이 생각하는 대로 그리 전지전능한 분이 아니라고 덧붙인다. "지금 보세요? 세계적으로 유행하는 코로나19 전염병이 교회와 절의 성전에 침범해도 예수님과 부처님은 속수무책이잖아요"라고 말하자 다들 더 이상 항변을 못한다.

"그러니 사실을 사실대로 봐야 하지 않을까요?"라고 말하면, "사실을 어떻게 봐야 할까요?"라고 묻는다. "모든 결과에는 그럴 만한 이유가 있음을 보는 것"이라고 답한다. 세상사는 까닭 없는 우연으로 발생하지 않으며, 우리가 필요해서

요청한 절대자가 맥락 없이 조작한 상황이 아니며, 전생부터 기획된 각본대로 움직이는 운명 같은 것은 더더욱 아니라고 설명한다. "그렇다면? 괴로움은 누가 주나요?"라고 묻는다. 내가 답한다. "누가 주었느냐고 묻지 말고, 어떻게 만들어졌느냐고 물으세요."

괴로움은 누가 내게 일방적으로 내린 저주가 아니다. 여러 가지 원인과 조건이 결합하여 '만들어진 것'이다. 그래서 부처님은 괴로움에 대해 다양한 진단을 했다. 그리고 처방전을 만들었다. 경전에서는 이를 '사성제四聖諦'라는 교리로 체계화했다. 첫째, 여기에 이러이러한 괴로움이 있다[苦諦]. 둘째, 괴로움은 여러 원인과 조건이 결합하여 만들어졌다[集諦]. 셋째, 괴로움이 완전히 소멸된 세계인 열반이 있다[滅諦]. 넷째, 늘 평온하고 기쁨이 넘치는 열반에 이르기 위해 여덟 가지 수행[八正道]을 해야 한다[道諦]. 자신에게 드리워진 괴로움을 사무치게 절감하고 수행하여 열반을 성취한 부처님은, 괴로움을 해결하고자 하는 이는 먼저 괴로움을 직시하라고 직언했다.

부처님의 조언에 따르면 이렇다. 괴로움의 얼굴을 외면하는 태도는 해결책이 아니다. 지금 그대들의 심정이 힘들다고 해서 이상한 방법으로 잠시나마 괴로움을 모면하려고 한다면 더 극심한 괴로움이 더해질 뿐이다. 그러니 어떤 불안과 괴로움이 내게 있는지를 통찰하고 직시하라. 그리고 그 원인을 정밀하게 분석하라. 그리고 원인 제거에 힘써라. 매우 단순하고 상식적인 도덕 교과서 같은가. 그러나 길은 단순하고 간명하고 상식적이다.

'지금 내가 괴롭다'는 것은 엄밀하게 말하자면 '지금 나의 마음 상태가 괴롭다'는 의미다. 우리는 어떤 연유로 말미암아 생각과 감정에 온갖 분노, 절망, 슬픔, 억울함, 질투, 자괴감, 열등감, 우울, 권태, 미움, 욕구 불만, 자기 억압 등의 괴로움이 가득하다. 멀고 먼 옛날에도 붓다는 중생의 마음 상태를 이렇게 분석했다. 그때나 지금이나 생각과 감각 기능을 가진 인간이기는 똑같다. 그러니 오늘 우리의 모습을 보라. 이유가 없는 듯해도 이유가 분명한, 여성 혐오와 인종과 직업에 대한 차별을 보라. 가해자와 피해자 모두의 마음 세계가 괴로움의 족쇄에 묶여 있지 않은가.

부처님은 괴로움이 발생하는 원인 중 무엇보다 '감각의 부작용'이 크다고 진단했다. 우리가 흔히 말하는 '오감 만족'의 오류 가능성을 경계한 것이다. 보고, 듣고, 냄새 맡고, 먹고 마시고, 감촉하는 오감에 대한 그릇된 견해와 작용에서 괴로움이 발생한다고 분석하였다. 그리고 '이성'이라는 생각 작용의 부작용을 조심하라고 조언했다.

무얼 보고 들으면 좋은 느낌, 혐오의 느낌 등이 발생한다.

좋다고 느끼면 행복하기에 그것을 내게로 바짝 끌어당기며 영원히 붙들어 매려 한다. 그리고 더 많은 강렬한 느낌을 갈구한다. 어떤 대상을 싫다고 느끼면 그것을 밀어내고 그것에 대해 분노한다. 칭찬과 관심을 받으면 기뻐하고, 그렇지 못하면 우울해하고 화를 낸다. 이런 맥락에서 우리는 감각의 늪에 빠지고 인정 욕구의 족쇄에 묶인다. 감각의 유혹이 얼마나 강렬하고 독성이 심한지를 비유한 사례를 하나 소개한다.

어느 나그네가 벌판을 걸어가고 있는데 갑자기 사나운 코끼리가 자기를 맹렬히 쫓아오고 있는 게 아닌가. 나그네는 도망가다가 깊은 우물을 발견하고 뛰어 들어가게 되었다. 마침 우물에는 등나무 넝쿨이 늘어져 있어 잡고서 한숨을 돌렸다. 그런데 밑을 내려다보니 독사가 우글거리고 있었다. 매우 위급한 이 순간 설상가상으로 흰쥐와 검은쥐가 나그네의 생명줄인 등나무 덩굴을 사각사각 갉아먹고 있는 게 아닌가. 이 절체절명의 위기에서 공포에 떠는 나그네의 이마에 뭔가 떨어지고 있었다. 다섯 방울의 꿀물이었다. 나그네는 죽음의 공포를 잊은 채 꿀물을 맛있게 먹었다.

《불설비유경》에 나오는 비유담이다. 벌판, 코끼리, 우물, 등나무 넝쿨, 독사, 검은쥐와 흰쥐가 무엇을 상징하는지는 각자가 상상해보시라. 다섯 방울의 꿀물은 다름 아닌 다섯 감각물을 상징한다. 오욕락五欲樂이라 부른다. 재물, 성욕, 탐식, 명예욕, 수면욕을 말한다. 자칫 오욕락을 생존과 생활을 위한 기본 욕구와 혼동하면 안 된다. 무분별한 탐착과 과도한 탐착을 경계한 것이다. 상상해보자. 등나무 넝쿨이 곧 끊어질 듯한 순간에도 꿀물에 취해 빨아먹고 있는 모습을 말이다. 지금 우리 삶의 모습이 이와 크게 다르지 않다.

묻는다. 감각은 기쁨인가, 괴로움인가. 괴로움이기도 하고 기쁨이기도 한가. 누구나 이렇게 답할 것이다. 내면의 감각 기능이 외부의 감각 자료를 대할 때, 때로는 기쁨이 때로는 괴로움이 발생할 것이라고. 경험되는 사실은 그렇다. 그러나 다르게 생각해보자. 우리가 현실에서 경험하고 느끼는 감각의 산물들이 그렇게 좋고, 평안하고, 나와 이웃에게 유해하지 않고, 그리고 무엇보다도 그 감각들이 건강하고 밝고 맑은지를 관찰해보자.

다시 묻는다. 감각은 위험한가, 안전한가. 많은 이들이 말할 것이다. 감각은 위험으로 기우는 경향성이 있다고. 이 또한 경험으로 체험된 것이리라. 또 내게 시시로 발생하는 괴로움이 싫고 힘들고 두려워서 감각에 의존하고 있음도 경험된 체험이다. 지나친 음주, 게임 중독, 약물 중독, 스마트폰 중독, 쇼핑 중독, 관심 중독 등을 살펴보면 감각의 부작용이라 하지 않겠는가.

다른 지점에서 묻는다. 감각을 닫고 살 것인가, 열고 살 것인가. 눈 뜬 자는 이렇게 말할 것이다. 보고 듣고 먹고 마시고 생각해야 살아갈 수 있는데 어찌 닫고 살 수 있겠느냐고. 그렇다면 어찌해야 하느냐고 묻는다면, 감각을 오용하고 남용하지 않으면 된다. 괴로움은 감각 자료 그 자체가 아니다. 그것을 받아들이는 나의 생각과 태도에 있다. 옷과 음식과 지식에 문제가 있는 것이 아니라, 옷과 음식과 지식을 오용과 남용하기에 괴로움이 발생한다.

"배고파 밥 먹으니 밥맛이 더욱 좋고[飢來喫飯飯尤美]/ 잠 깨어나 차 마시자 차 맛이 더욱 좋다[睡起啜茶茶更甘]/ 외딴 곳에 살아서 찾아오는 사람도 하나 없고[地僻從無人扣戶]/ 텅 빈 암자의 부처님과 함께함이 기쁘다[庵空喜有佛同龕]."

고려 원감 충지 스님의 선시 〈한중우서閑中偶書〉다. 지금 우리는 허기진 느낌을 온전히 경험했는가. 밥을 먹을 때 밥을 먹고 있는가. 고요한 시간의 차 맛을 알고 있는가. 잠을 온전히 자고 있는가. 혼자 있어도 마음이 넉넉한가. (미발표)

사랑이
덫이었네

일을 마치고 용산역으로 가기 위해 택시를 탔다. "아이고, 스님이시네요. 어서 오십시오. 반갑습니다. 스님을 모시게 되어 영광입니다." 택시 기사님의 속사포 같은 환영 인사에 당황스러웠다. 그는 연신 말을 쉬지 않았다. 오늘은 스님을 모시게 되었으니 기분도 좋거니와 손님도 많이 타서 일당도 많이 벌 것 같단다. 내가 졸지에 '재수 부적'이 되었다. 이어 기사님은 이리저리 내 신상을 털기 시작했다. 언제 스님이 되었으며 지금은 어디서 수도하고 있느냐고 물었다. 간단하게 대답했는데 계속 수다가 이어져서 대꾸하지 않았다. 부처님에 대한 믿음과 스님들에 대한 존경심이 지극한 건 좋은데 틈이 없는 말을 듣고 있자니 지친다.

"스님, 지금 막 예배를 마치고 영업을 시작했는데 스님이 타셨으니 얼마나 기쁜지 모르겠습니다.""아, 하느님을 믿으시는군요." 예의상 이렇게 물었다. "저는 하느님을 안 믿어요." '예배를 모시고 왔다는데 하느님을 안 믿는다니?' 그가 말한다. "성당에서는 하느님을 믿고 제가 다니는 교회에서는 하나님을 믿습니다." 아하, 주님을 다르게 부른다는 것을 새삼 상기했다. "더러 교회 다니시는 분들은 불교와 스님들에게 호의적이지 않는데, 기사님은 참 친절하시네요. 이렇게 하나님을 믿는 분에게 환영을 받으니 기분이 좋습니다."

그런데 기사님의 다음 말이 충격이었다. "우리 전도사님이 말씀하셨거든요. 스님들이 차에 타면 친절하게 인사하고 차비도 받지 말고, 하나님 말씀 잘 전해서 전도하라고 했습니다. 그러면 축복과 은혜를 받는다고요." 아! 관세음보살, 아멘, 할렐루야, 아미타불…. 용산역에서 내릴 때 기사님은 절대 차비를 받지 않으려고 했다. 나는 억지로 차비를 주고 내렸다. 기분이 참 묘했다. 이걸 어찌 해석해야 하나?

'사유하지 않는 신념.' 기차를 타고 암자로 내려오면서 이런 생각에 머물렀다. 기사님은 선량했다. 온순하고 착하고 사심이 없는 듯했다. 열정이 넘쳤다. 여타 광신도들과 달리 배타적이지도 공격적이지도 않았다. 그런데 어찌 승복을 입은 나에게 무례할 수도 있는 황당한 말과 태도를 건넸을까. 아마도 그것은 그가 가진 일종의 신념이었을 것이다. 하나님의 품으로 나를 인도하여 구원을 받게 해야 한다는 것, 그에게 그것은 사랑이고 긍휼의 실천이었을 것이다. 그리하면 하나님 나라에 임할 것이라는 신념이었을 터이다.

그런데 무엇이 문제인가? 그는 목사의 설교와 《성경》 말씀과 성도들의 열정을 따라 믿음을 형성했고 점차 내면까지 신념화했을 것이다. 모든 이들을 하나님의 품 안으로 인도해야 한다는 신념, 다른 종교를 가진 사람들도 하나님의 사랑으로 구원해야 한다는 신념. 그런데 그는 이 신념에 대해 사유하지 않고 의심하지 않았을 것이다. 이 세상 사람들은 각자가 다양한 가치와 취향을 가지고 있음을 깊이 사유하지 않았을 확률이 높다. 사유하지 않고 의심하지 않고 형성된 신념은 맹신과 과신으로 그렇게 불특정 이웃에게 표출된다. 그에게 이 세상 모든 사람은 교회를 다니는 사람들과 다니지 않은 사람들로 구분되어 존재하고 있을 것이다. 사유하지 않고 의심하지 않는 신념은 편견과 편집과 편향을 낳는다. 치우친 시각으로 살아갈 때 이웃과 충돌하고 자신은 고집스러워진다. 이 또한 괴로움이다.

'신념과 도덕의 덫.' 인간을 괴롭고 불안하게 만드는 요인은 여러 가지가 있겠다. 무지와 탐욕에 사로잡혀 악한 죄를 지어 응분의 값을 치를 때, 우리는 괴로움을 겪는다. 또는 언행이 불일치하고 거칠어 이웃에게 따돌림을 당하면 외롭고 불안하다. 이렇게 도덕과 교양에 주의하지 않으면 괴로움은 내게로 온다. 그런데 옳다고 하는 신념과 흠결 없는 도덕이 때로는 내게 불안을 안겨준다. 신념과 선행과 도덕이 내 삶을 그리 행복하게 하지 않는다니, 왜 그런가? 옳은 생각, 규범을 잘 준수하는 도덕, 이웃을 향한 선행은, 과연 나 자신의 마음과 생활에 반드시 평온과 기쁨을 주는가. 그렇지 않은 사람들이 있다. 분명 옳은 일과 좋은 일을 하고 있는데 마음에 여유가 없고 이웃들과 갈등을 겪고 있는 사람들이 있다. 그렇다면 '콩 심은 데 콩 나고 팥 심은 데 팥이 난다'는 말과 '뿌린 대로 거둔다'는 인과의 법칙에 오류가 발생한 셈이다.

교리나 신조에 '꽉 잡혀 있는 사람'은 잡혀 있는 자신을 어떻게 내려놓을 수 있을까. 내가 좋아하고 하고 싶은 일과 행복의 조건은 다양하다. 다양하다는 것은 다르다는 의미다. 이렇게 진리나 행복의 조건은 하나가 아니다. 하나가 아닌데, 하나가 될 수 없는데, 어떤 사람들은 신념에 사로잡혀 답은 하나이고, 하나여야 하고, 하나가 되어야 한다고 주장한다. 옳다고 하는 것, 좋다고 하는 것에 대한 개념의 오류이고 집착이다. 괴로움의 조건은 도덕적 실책, 게으름, 탐착만이 아니다. 좋은 것들에 대한 '집착'이 때로는 내게 괴로움으로 온다.

집착은 독단이라는 특징을 보인다. 집착이 습관이 된 사람은 늘 다른 이와 비교한다. 비교하는 사람은 내면적으로는 우월감을, 외면적으로는 배타와 편향을 보인다. 이렇게 집착과 편견과 편향은 갖가지 괴로움과 갈등을 가져온다. 집착을 버리려면 '나'라는 생각에서 놓여나야 한다. '나'는 매우 다양한 전제 아래 작동한다. 나는, 나를, 나의 것은, 과거의 나는, 지금의 나는, 너에게 나는, 나는 너에게, 이렇게 '나'는 나를 다양한 '나'로 만들어 세상을 바라보고 단정하고 조정하려 한다. 집착이란 이런 모습으로 활동한다. 그래서 내가 그린 '나'가 만족스럽지 못하면 화내고 미워하고 우울감에 빠진다. 그래서 선한 의도와 선행일지라도 집착하면 괴로움이 발생한다. 내가 너를 위하고 사랑하고 있는데, 너도 나도 왠지 만족스럽지 않고 불협화음이 생긴다.

사랑이란 이름의 행위 아래 나 자신을 억압하고 있지 않은지, 사랑의 반응에 집착하고 있지 않은지 직시해야 한다. 좋은 게 반드시 좋은 것은 아니다. 무엇으로든 묶이면 자유롭지 못하다. 사랑도 도덕도 그렇다. (미발표)

말은
나에게로 돌아온다

어떤 분이 병원에 들렀다가 거기 붙어 있던 이 글을 보고는 내게 이야기해주었다. "개에 물린 사람은 반나절 만에 치료해 집에 돌아갔고, 뱀에 물린 사람은 사흘 만에 나았고, 말[言]에 물린 사람은 지금도 치료받고 있다."

말의 후유증을 실감한다. 그래서인지 공자는 말조심에 대한 지침을 내렸다. 삼사일언三思一言, 세 번 정도 신중히 생각하고 말하라는 뜻이다. 절집에서도 말을 경계하는 경전 구절과 규칙은 수없이 존재한다. 승단 구성원의 불화가 말에서 비롯하기 때문이다. 입으로 짓는 구업口業에는 네 가지가 있다. 있는 사실을 없다고 하고 없는 사실을 있다고 하는 거짓말, 상대의 가슴에 못을 박는 악담이나 욕설, 서로의 사이를 갈라놓는 모함과 이간질 그리고 자신의 행위를 교묘하게 과장하는 말. 절집에서는 이런 구업을 경계한다. 이는 어느 곳 어느 시절이든 감정과 욕망을 가진, 언어를 사용하는 인간의 굴레라고 할 수 있다.

구업은 진화를 거듭하고 있다. 이웃을 파멸로 몰고 가는 가짜 뉴스가 판을 치고 있다. 교묘한 논리와 편집을 한 가짜 뉴스에 나도 번번이 속은 적이 있다. 이렇게 작심하고 말하든 깊이 생각하지 않고 말하든, 말은 무엇보다도 이웃에게 이루 말할 수 없는 상처를 준다. 요즘은 인터넷을 통해 한 사람과 그 가족의 명예가 무분별하게 훼손당하는 일이 잦다. 댓글을 보면 경박하고 비열하고 무책임한 저의에 씁쓸한 감정이 든다.

말의 1차적인 기능은 방출이다. 그러나 말은 상대를 향해 방출됨과 동시에 즉시 나에게로 흡수된다. 우리는 말을 상대와 주고받는 기능으로만 한정해 생각하고 그 피해를 따진다. 그러나 말은 '나와 나의 관계'로도 상호작용하고 있다. 그 작용은 마치 내부 순환 회로와 같다.

불교 경전 가운데 인간의 마음 형성과 작용을 설명하는 유식학唯識學에 관한 것이 있다. 유식 계통의 경전에서는 마음의 형성에 말이 절대적으로 관여한다고 한다. 내가 말을 하는 순간 그 말은 상대에게 전달되지만, 동시에 나의 깊은 내면으로 흡수되고 저장된다.

마음 깊은 곳에 입력된 언어는 사고와 감정으로 변환돼 저장된다. 그리고 어떤 계기를 만나면 저장된 사고와 감정이 신체 행위와 언어 행위로 표현된다. 언어 행위는 '입력 – 변환 – 저장 – 방출'이라는 회로를 형성하며 나의 삶을 만들어 간다. 그래서 말은 단순히 정보와 내용을 전달하는 기능을 넘어, 나의 내면에 흡수되고 인품을 형성한다. 마르틴 하이데거는 "언어는 존재가 드러나는 장소다. 언어를 어떤 장소로 규정한다면 존재는 그 언어 안에 거주하는 것"이라고 말했다. 유식사상과 비슷한 맥락일지 모르지만, 언어가 곧 존재와 사유 그리고 행위임을 말하고 있는 것이다.

그래서 말은 곧 수행이다. 수행은 명상이나 기도 등의 특정한 방식에만 한정되지 않는다. 수행은 지금 이 자리에서의 마음 씀씀이다. 그 마음은 언어와 몸짓으로 표현된다. 몸짓과 언어는 표현과 동시에 내게로 흡수된다. 따라서 말을 잘하기 위한 수행법은 어떤 비법 없이 할 수 있는 현장 수행법이다. "성 안 내는 그 얼굴이 참다운 공양이요, 부드러운 말 한마디 미묘한 향이로다[面上無瞋供養具 口裏無瞋吐妙香]." 《법구경》의 말씀이다. 온화한 표정, 따뜻하고 사려 깊은 말은 그대로 이웃에게 전해지면서 그 기운이 내게로 흡수된다. 그리하여 나는 사려 깊고 따뜻한 마음을 저장하게 된다. 그 마음이 다시 사람들과의 관계에서 깊고 따뜻한 기운으로 나타난다. 이런 선순환의 회로는 아마 '즐거운 윤회'가 되리라.

나는 최근 이렇게 마음 다스리는 법을 바꿨다. 예전에는 마음을 마음으로 다스리려고 했다. 그러나 지금은 '말이 살아야 마음이 산다'라고 생각하고 다짐한다. 더불어 표정과 태도가 아름답고 밝으면, 마음이 그렇게 아름답고 밝으리라고 확신한다.

며칠 전 어떤 이가 나에 대해 좋지 않게 이야기한다는 말을 들었다. 순간 당황했지만 미소 지으며 이렇게 말했다. "아마 그분 나름대로 그렇게 말한 사정이 있겠지요?" 이렇게 답변하고 나니 즉시 그분에 대해 서운하고 불쾌해지려는 감정이 사라졌다. (2020)

내가 말하고
내가 듣는다

중학교 3학년 때 부처님을 만나 부처님의 제자가 되었다. 세속에서는 이를 일러 입산 출가라고 말한다. 불문에 들어가면 기초 의식을 배운다. 처음에는 목탁 치는 연습과 함께 아침저녁으로 예경하는 〈예불문〉과 〈반야심경〉을 외운다. 그리고 15분가량 소요되는 기도문인 〈천수경〉을 외워야 한다. 그런데 〈천수경〉 첫 문장이 내게는 참 어색했다. "정구업진언淨口業眞言 수리수리 마하수리 수수리 사바하." '수리수리'로 시작하는 이 경문이 낯설어서가 아니라 오히려 익숙해서 그런지 선뜻 마음이 가지 않았다. 이 염불 소리는 어릴 적 친구들과 놀 때 의미도 모르고 그저 상대방을 놀리거나 훼방하던 소리였다. 또 드라마에서 무당들이 굿을 하며 그런 주문을 외며 악귀를 쫓는 장면이 연상되기도 했다.

그런 어색한 주문을 이제는 수시로 되뇐다. 이웃과 대화하다 조금이라도 실언을 하거나 내심으로 진실하지 못한 말을 했다고 생각하면, 그 자리에서 곧장 "수리수리 마하수리 수수리 사바하"를 읊조린다. 나는 말실수를 하면 먼저 머리보다 가슴에 그대로 신호가 온다. 말을 하고 나서 순간적으로 가슴이 뜨끔하고 감정이 개운하지 않을 때, 그 연유를 헤아려보면 거짓말이나 악담을 해서가 아니다. 그런 경우는 그리 많지 않으니 말이다. '왜 이리 가슴이 뜨끔하지?'라고 헤아려보면, 다만 나의 무엇을 자랑하고 타인을 깎아내리는 발언을 은연중에 했음을 알아차린다. 그때마다 부끄럽고 유치한 자신을 발견한다. 그런 은연중 실언을 하면 깊이 자리 잡은 과시의 욕구가 발현된 것이리라.

또 발언하고 나서 후회할 때가 있다. 그것은 이웃들과 대화하면서 발언을 지나치게 독점했음을 뒤늦게 깨닫는 경우다. 평소 분석과 비판이 강하다고 지인들이 지적한다. 그런 지적과 조언을 들으면 정직하게 인정한다. 사실이 그러니까. 그런데 회의나 토론 자리에서 잘 제어가 되지 않는다. "스님은 다 좋은데 제발 그 정리하고 결론을 내는 습성을 버리세요." 이런 경고를 대놓고 그 자리에서 하는 사람이 있을 정도이니 참 심각하다. 그래서 지인들은 어느 모임에서 미리 내게 부탁한다. "오늘은 될 수 있는 한 발언을 삼가세요. 다른 사람들이 두루 말하도록 조용히 경청하세요." 석가모니 부처님은 제자들에게, 무릇 수행자는 성스러운 침묵과 의미 있는 대화를 주문했는데, 나는 다분히 의미 있는 대화라는 명분을 앞세워 침묵과 절제의 미덕에 소홀하다. 침묵과 대화가 균형과 조화를 이루지 못하고 있다. 기울어진 내면의 운동장은 이렇게도 존재한다.

말버릇을 어떻게 고칠 수 있을까? 훈련을 거듭할 수밖에 없다. 말을 절제 있게 하여 나를 가꾸고 이웃에게 즐겁고 유익하게 하려면, 나름의 규칙이 필요하다. 그래서 나만의 규칙을 정해놓고 연습했다.

말실수하지 않기 위해 내가 가장 처음 한 훈련은 '내 말을 내가 듣는 것'이다. 가령 내가 이웃과 마주한 자리에서 "내가 그 일을 경험하고 느낀 바는 이러합니다"라고 발언하면서 그 자리에서 그 발언을 동시에 듣는다. 그러면 내가 지금 그 자리에서 무슨 말을 하고 있는지를 알 수 있다. 내가 한 말을 즉시 내가 듣게 되면, 내 말의 내용과 의도, 말의 속도와 강약, 표현의 기술을 그 자리에서 알아차릴 수 있게 된다. 그렇게 하니 말을 하다가도 '아! 지금 내가 유식한 티를 내려고 하네'라고 알아차리게 된다. 자연히 말실수를 줄이고 자신의 내면의 움직임을 잘 살필 수 있게 되었다. 내가 말하면서 내 말을 듣는 연습이 처음에는 쉽지 않았다. 혼자서 책을 소리

내어 읽으면서 듣는 연습을 꾸준히 했다. 한 번 두 번 세 번 거듭하니 굳어졌고 자연스러워졌다. 일상의 수행이 그럴 것이다.

말을 잘하기 위해 내가 한 훈련은 대화하기 전에 '나 자신에게 미리 일러두고 당부하는 것'이다. 마치 〈천수경〉 첫 구절인 "정구업진언"을 외우듯 말이다. '굳이 내가 말하지 않아도 될 내용을 말하지 않는다. 다른 사람들의 발언을 경청한다. 대화와 토론이 잘 익어가면 애써 말하지 않는다.' 이렇게 미리 내게 일러두지만 어떤 자리에서는 잘되지 않는다. 왜 그런지 헤아려보니 분석, 비판, 대안 제시에 생각과 감각이 너무 빠르게 돌아가는 습성 때문이다. 습성 한 가지를 쇄신하기가 이렇게도 힘들다.

쓸데없는 말보다 침묵이 값지다. 의미 있는 대화는 서로에게 유익하다. 그러나 설령 의미 있는 대화라도 발언 시간을 많이 사용하고 다른 사람이 말할 내용까지 독점한다면, 대화의 효율은 반감된다. 서투른 말의 기술로 공감을 얻지 못하면 대화의 의미는 사라진다. 잘 말하기가 이리도 어렵다. 그러기에 "수리수리 마하수리 수수리 사바하"가 〈천수경〉의 첫 줄에 놓일 만하다. (미발표)

명사가
위험하다

얼마 전 나보다 연배가 20년 아래인 어느 분과 독서 모임에서 가벼운 말다툼이 있었다. 어떤 사안에 대해 반론을 펼쳤는데 대뜸 "스님도 보수적이네요"라고 말하지 않는가. 순간 불쾌한 감정보다 어이없다는 생각이 들었다. "아니, 그렇게 말하면 안 되지요. 내 그간의 행보를 모르지도 않을 터인데 보수적이라고 규정지으면 내가 몹시 불편하지요." 내 말을 듣자마자 평소 순직한 그분은 어찌할 줄을 몰랐다. 나는 아차! 했다. 여린 그분의 심성을 헤아려야 했는데, 그걸 미처 헤아리지 못했다.

독서 모임이 끝나고 내가 사과했다. 내가 '보수적'이라는 한마디로 규정됐다는 생각이 들어 미처 감정의 호흡 조절을 못 했다고 전했다. 함께 있던 사람들은 이렇게 판결했다. 그분이 나에게 '보수적'이라고 말하는 순간 '이렇게 말하면 안 되는데'라는 느낌이 들었단다. 그리고 이어 내가 '불편하다'라는 말을 직설적으로 했을 때 '이러면 저 친구가 부담을 엄청 많이 받겠는데'라는 느낌도 들었단다. 불편한 느낌이 들었어도, 불편하다는 말보다는 다른 표현을 써야 했다는 것이다. 듣고 보니 맞는 말인지라 잘못을 인정했다. 쌍방 과실을 서로가 인정하니 패배자 없는 공동 우승이 되었다. 부담 없이 웃고 자리를 마무리했다. 다툼은 없어야 하지만 다툼이 생겼을 때 잘 다투는 일 또한 소중한 배움이라고 확신한 자리였다. 또 같은 말이라도 각자의 삶과 맥락을 고려하여 사용해야 한다는 작은 깨달음을 얻은 자리였다.

말은 표현된다. 그런데 말이란 게 본디 표현하는 순간, 그 속성 때문인지 대상을 규정하고 단정 짓고 동시에 배타와 분리를 가져오기도 한다. 교양 없는 말은 자존감에 상처를 주지만, 섣부르게 규정하고 단정하는 말은 편견과 오해를 불러일으킨다. 그러므로 언어는 '존재의 감옥'일 수 있다. 가령 이렇다. 어느 누군가는 세상사의 여러 일을 나름대로 보고 파악한다. 그는 노동자, 장애인, 소수자를 보는 시각이 열린 사람이다. 성평등, 성인지 감수성도 훌륭하다. 그런데 그는 무상 급식에 대해서는 보편적 급식을 반대하고 선별적 무상 급식을 주장한다. 그럴 때 매우 진보적이라고 하는 사람이 이

렇게 말한다. "당신은 극우적 보수주의자이군요." 이렇게 '극
우' '보수'로 규정하고 단정하는 순간, 그의 열린 다른 관점과
생각은 부정당한다. 나는 이런 사례를 종종 경험한다.

　우리가 하나의 단어로 누군가를 규정한다면, 그건 그 사람
의 삶을 왜곡하는 억압일 수 있다. 그는 이런 일에는 이렇게
생각을 하고, 저런 일에는 저렇게 생각을 한다고 말해야 하
지 않을까? 사안마다 구체적인 서술은 오해와 편견의 위험
을 줄일 수 있다. 그러므로 명사를 사용하여 규정하는 언어
행위는 위험하다. 그래서 나는 '무슨 무슨 주의자'라고 부르
는 것을 그리 좋아하지 않는다. 가령 젠더 감수성이 나름 있
다고 생각하지만 누가 나를 페미니스트라고 부르는 것은 사
양한다.

　말다툼으로 갈라서고 상대에게 증오심을 갖고 사는 사람
들을 종종 본다. 그 말다툼은 속물적인 이해관계 때문에 생
긴 말다툼이 아니다. 그들의 지향과 삶의 태도는 진지하고
성실하다. 평등하고 평화로운 세상을 만들기 위해 각 분야에
서 헌신적으로 노력하는 사람들이다. 그런데 이분들이 갈라
서는 이유는, 견해의 차이도 있겠지만 오가는 말에 상처를
입어서다. 이분들은 책을 많이 읽고 학습을 많이 해서 그런
지 주장이 분명하고 논리가 정연하다. 그런데 의견이 다르거
나 일하는 방식이 다르면, 주고받는 언어의 결이 매우 날카

롭게 변한다. 한 단어로 단정 짓는 언어를 사용한다. '당신은 보수적이다, 개량주의자다, 수직적이다, 패쇄적이다, 권위적이다, 변절자다. 당신들의 조직은 교묘한 착취 구조로 이루어져 있다.' 이렇게 규정하고 단정 짓는 순간 서로의 감정은 싸늘해진다. 서로가 자신의 삶을 단 한마디로 부정당하는 모멸감을 느낀다.

많이 배우고 좋은 뜻을 가진 사람들이 왜 이런 경직된 언어를 사용할까? 좌정관천坐井觀天, '우물 안에 앉아서 하늘을 본다'는 뜻이다. 이념과 열정의 우물에 갇혀 보다 넓고 다양한 하늘을 못 보는 건 아닐까? 아전인수我田引水, '자기 논밭에 물을 끌어들인다'는 뜻이다. 여러 사람에게는 나름의 사연과 삶의 방식이 있고 한계도 있을 터인데, 정의라는 이름의 내 논밭에 여러 사람의 생각과 방식을 끌어오려고 하는 것은 아닌지. 그래서 견강부회牽强附會, '하나라도 자기에게 맞도록 끌어들이려고 하'지는 않는지. 이렇게 명사로 규정하는 언어를 사용하다 보면 그 언어는 이웃과 나를 동시에 가두는 감옥이 된다. 부디 함부로 말하지 말자. 말 한마디로 사람을 규정하여 일방적으로 단정 짓지 말자. 우리는 여러 모습으로 존재한다. (미발표)

사소한 말이
중요하다

첫 번째 상황이다. 여럿이 모여 사는 공동체에서 두 사람이 만났다. 그곳에 방문한 사람이 공동체에 사는 청년에게 말을 걸었다. "아, 혹시 들국화 님 아니세요? 내 친구에게 말씀 많이 들었습니다." 청년이 표정 없이 그를 빤히 쳐다보며 답한다. "저 휘파람인데요." 그리고 아무 말이 없다.

두 번째 상황이다. 어느 학술 행사장에서 사람들이 모였다. 서로 아는 사람들이 반갑게 인사를 나눴다. 한 사람이 다른 사람에게 말을 걸었다. "아이고, 반갑습니다. 김지형 선생님이지요. 제 친구가 이곳에 오면 뵐 수 있을 거라고 했는데, 이렇게 뵙는군요." 김지형이라고 불린 사람이 가볍게 웃으며 말한다. "제가 김지형 선생과 어지간히 닮은 모양입니다. 간혹 이런 경우가 있습니다. 이것도 인연인데 반갑습니다. 저는 서형욱이라고 합니다.”

두 가지 상황 모두 낯설지 않다. 대개 두 번째와 같은 상황을 한 번쯤은 경험했을 것이다. 그런데 첫 번째 상황은 뭔지 모르게 이상하지 않은가. 공동체를 방문한 사람이 실수 아닌 실수를 했다. 그리고 들국화라고 오인된, 휘파람이라고 불리는 청년은 있는 사실을 사실대로 말했다. 청년의 답변에 어떤 결점도 보이지 않는 듯하다. 그런데 왜 이 장면이 개운하지 않은 것일까. 사람들은 말할 터이다. 비록 사람을 잘못 알아봤더라도 상대방의 감정을 배려해야 한다고. 이런 말을 들으면 그 청년은 이렇게 말할 수도 있겠다. “실수는 그 사람이 했는데, 내게 왜 그 사람 감정까지 배려하라고 강요하는 건가요?” 이쯤 되면 서로가 말을 하지 않는 게 좋다. 흔히 하는 말로 ‘여기까지’다.

세상 살아가는 지혜를 경전과 인문학 책에서 찾을 수 있다. 그러나 지혜는 때로 관념이 아닌 실제 삶에서 평범한 상식을 가지고 사는 사람들이 흔히 하는 말 속에 있다. 가령 ‘사람이 어찌 실수를 안 하고 살 수 있는가’ ‘살다보면 작은 허물도 있지’ ‘어찌 내 맘에 맞는 일만 가려서 하겠는가’ ‘웃는 얼굴에 침 뱉지 못한다’ ‘가는 말이 고와야 오는 말이 고운 법이다’ 같은 말들이다. 사람들이 흔히 하는 이 말들이 성인의 말씀보다 가슴에 와닿을 때가 있다. 왜냐면 침묵과 사유 속에서 건져올린 말씀도 좋지만, 일상에서 사람과 사람이 부딪치며 경험으로 낚아올린 말들의 출생 차이가 있기 때문이다.

나는 '웃은 얼굴에 침 못 뱉는다'와 '가는 말이 고와야 오는 말이 곱다'는 말을 소중한 규범으로 새기고 있다. 말은 너와 나 사이를 오간다. 이 사이에는 매우 단순한 상식이 작용한다. 내가 먼저 밝고 겸손한 표정과 태도를 보이고, 내가 먼저 존중하고 배려하는 언어를 사용할 때, 교감과 공감이 이루어진다는 사실이다. 서로 실수를 했을 때 오가는 말이 틀어지면 어떻게 해야 할까?

먼저 첫 번째 상황이다. "이 사람아, 똑바로 알고 말해." "당신 말이야, 공공장소에서 이렇게 떠들어도 되는 거야? 교양 없게 말이야." 이렇게 상대방의 실수에 대해 거친 언사로 면박을 주면 분위기는 거칠어질 수밖에 없다. "아니, 거참, 말이 너무 심하지 않소. 당신은 평생 실수 안 하고 살 것 같소." 이런 반박도 따른다. 이럴 때는 너도 나도 실수를 하고 살며, 나도 본의 아닌 실수를 하진 않았는지 자기 확인이 필요하다.

다음 두 번째 상황이다. 몇 해 전의 일이다. 불자 부부와 함께 오대산 월정사에서 머물고 다음 날 아름다운 산길을 따라 상원사로 향했다. 상원사에 미리 점심 공양을 예약했다. 그런데 도중에 길을 잘못 들어 무려 1시간 30분가량 늦게 도착했다. 쉬지도 못하고 우리를 기다리고 있을 공양간의 공양주 보살님께 미안한 마음이 가득했다. 그런데 공양간에 도착하니 보살님이 환하게 웃으면서 반겨주었다. "어서 오세요, 가끔 길을 잘못 드는 경우가 있어요. 얼마나 시장하시겠어요." 동행한 불자가 미안한 표정을 감추지 못하고 말했다. "너무 오랫동안 기다리게 해서 정말 미안해요. 화나셨지요." "아이고, 화라니요. 기다리는 시간에 혼자 차 마시고 한가한 시간을 보냈는데요."

나는 그때의 감동을 지금도 잊지 못한다. 약속을 어긴 상황에 한 생각을 다르게 돌리고, 이어 미안해하고 있을 상대의 마음까지 헤아려 배려의 말을 전하는 그 마음이라니. (이런 사례를 말하면 감정노동자를 친절이라는 이름으로 억압한다고 받아치는 경우도 간혹 경험한다.)

경전에서는 극락과 지옥이 바로 지금 이 자리에서 결정된다고 말한다. 이 말씀은 어디 멀리에 있지 않고 생각 깊은 사람들이 사는 우리 일상에 있다. 너도나도 자주 하는 작은 실수에 대해 너그러운 마음으로 미소 짓고 배려하는 말이 필요하다. 사소한 말이 매우 중요한 말이다. (미발표)

우리 사회가
잃어버린 언어

간혹 대화가 막히거나 어색한 이유는 서로의 언어가 다르기 때문이기도 하다. 언어는 곧 관심이다. 우리의 관심은 어떤 언어를 선택한다. 그리고 선택하여 사용하는 언어는 우리의 의식을 형성하고 문화가 된다. 그 언어들은 우리의 의식을 지배하고 조정한다. 가령 돈에 관계되는 언어들을 자주 사용하는 사람의 주된 관심은 곧 돈일 터이다. 그리하여 돈으로 사람과 사람의 관계를 해석하고 행동할 것이다. 관심과 언어의 악순환이다.

지금 우리 사회는 온통 '돈'에 관한 언어가 넘쳐난다. 돈에서 파생된 신종 언어를 보면, 돈이 얼마나 득세하고 있는지 알 수 있다. 돈 자체가 선과 악의 본질은 아니다. 돈에 대한 시선과 해석이 돈을 천사로 만들기도 악마로 만들기도 한다.

문제는 돈의 언어가 다른 언어들을 밀어내고 있다는 점이다. 돈이 우리 삶에 꼭 필요하고 소중한 언어들을 낯설게 하고 있다.

돈의 득세와 위력으로 밀려나고, 희미해지고, 낯설어진 언어들을 생각해본다. 하나하나 끄집어내니 참 많다. 그중에 '훌륭하다'라는 말이 이에 해당하겠다. '훌륭하다'는 말을 사전적으로 풀이하면 '썩 좋아서 나무랄 것이 없다'는 뜻이다. 훌륭한 선생님, 훌륭한 인격자, 훌륭한 학생…. 참 영광스럽고 자랑스러운 수식어다.

그런데 언제부턴가 '훌륭한'이란 언어가 '성공'이란 언어에 밀려났다. 무한히 소유하고, 높은 자리에 오르고, 오래도록 독점하는 '성공'이 사회 전면에 출현했다. 성공이 위력을 떨치고 있다. 그 위세 앞에 맑고 향기로운 언행을 가진 사람, 정직하고 성실하게 사는 사람, 지식과 신념을 돈과 권력에 팔지 않는 사람, 언제나 나와 이웃을 한몸으로 생각하고 사는 사람에게 붙이는 '훌륭한'이라는 언어가 세력을 잃어가는 시대다. 그래서 '훌륭한'과 어울렸던 언어들이 하나하나 함께 잊히고 낯설어졌다. 이제는 인성, 인품, 인격이라는 말이 돈, 성공이라는 말에 밀려 사회 전면에서 퇴장한 지경이다.

조심스레 묻는다. 우리 시대를 가꾸는 언어를 복원하고 생성해야 하는 텃밭이 어디인가를. 겸허하게 답한다. 그곳은 바로 진리와 지성의 전당인 대학이라고. 다시 엄중하게 묻는다. 오늘의 대학은 언어의 오염을 막고 생명 본원의 언어를 생성하는 진리 탐구와 지성을 연마하고 있는 배움터인가를. 단호하게 답한다. 아니다, 아니다, 아니다.

언어의 오염, 실종, 굴절이라는 비상경보가 울리고 있는 곳 중 하나가 대학이다. 그런데 지성의 전당이라는 대학들이 경보음을 듣지 못하고 있다. 소중한 언어가 대학에서 실종되고 있는데도 말이다. 대학에서 실종된 언어는 무엇인가. 자유, 정의, 진리, 우정, 사랑, 헌신, 지성 등이다. 이는 대학들의 주요 교훈이다.

그러나 '훌륭함'으로 집약되는, 대학의 건학 이념은 한낱 치장으로 변했다. 그 대신 수상하고 불순한 언어들이 대학을 점령하고 있다. 실적, 순위, 취업, 예산, 조작, 줄 세우기, 성폭력, 정치 등의 언어들이 포진하고 있다. 이런 언어들은 대학의 주체들이 돈을 벌거나 돈을 버는 능력과 연줄을 생산하기 위한 수단과 목적을 드러내는 집약체이다. 슬프게도 오늘의 대학은 자본의 바퀴를 달고 성장이라는 종착지를 향해 달리고 있다.

대학大學은 글자 그대로 큰 배움터다. 배움은 언어와 삶이 일치다. 그런데 불순한 관심사가 대학의 언어를 교체하고 있다. 유교 경전인《대학》은 삼강령 팔조목°을 교육의 골간으로 삼는다. 이 강령과 조목의 언어 지향을 살펴보자. 언어의 실종을 읽지 못하는 대학, 진정 대학 교육의 위기가 아니겠는가. (2019)

○ 삼강령三綱領은 명명덕明明德, 친민親民, 지어지선止於至善, 팔조목八條目은 격물格物, 치지致知, 성의誠意, 정심正心, 수신修身, 제가齊家, 치국治國, 평천하平天下이다.

옳은 것은
좋은 것일까

좋은 말은 반드시 좋은 말이 될 수 있을까? 그럴 수도 있고 그렇지 않을 수도 있다. 법회에서 법문할 때 더러 일치하지 않는 난감한 상황을 만난다. 가령 스님들은 법회에서 알맞게 소유하고 적절하게 소비하는 자발적 가난과 맑은 행복을 권한다. 경전의 말씀을 전하면서, 마음이 넉넉하고 사랑으로 가득하면 그 자리가 바로 극락정토라고 말한다. 돈이 인생의 전부가 아니라고 역설한다. 옳은 말이고 좋은 말이기도 하다.

그런데 법문을 하는 내내 불편한 표정을 짓는 사람이 있다. 왜 그럴까? 그 사람이 현재 막대한 부채를 짊어지고, 그의 가족이 큰 병에 걸려 경제적으로 극한에 몰려 있다면, 그 법문이 좋은 법문으로 여겨질까. 당장 그에게는 돈이 인생의 전부인데 말이다.

세월호 참사 1주기 때이다. 세월호의 아픔이 사무친 팽목 항에 걸린 노란 리본에 이런 위로 글들이 쓰여 있었다. "이제 는 원망도 한도 모두 내려놓고 편히 쉬기를." 의도와 동기는 순수하고 맞는 말이었지만, 거부감이 드는 건 어쩔 수 없었 다. 아직은 슬픔과 한과 원망이 가시지 않았는데, 사고의 진 상이 제대로 규명되지 않았는데, 모든 걸 내려놓으라니. 이 렇듯 말은 적정한 시간과 자리에 제대로 놓이지 않으면 상처 를 준다. 상황과 맥락을 살피지 않으면 외면을 받는다.

옳은 일과 좋은 일이 호감과 호응을 얻지 못하고, 심지어 반감과 불신을 가져오는 사례도 있다. 어느 개인과 단체가 표방하는 일, 그 자체는 분명 흠결이 없다. 가령 '바르게 살 자' '정의 사회를 구현하자'라는 말들이 그렇다. 그런데 우리 는 이런 말에 실소하고 냉소한다. 그들이 표방하고 있는 말 과 달리 그들의 속내가 불순하고, 행위가 거칠고, 나아가 그 들의 사고와 삶이 천박하기 그지없기 때문이다. 말과 행동이 심하게 불일치하고 당사자가 도덕적으로 타락했다면, 그들 의 말은 옳을지라도 옳지 못한 말이 될 것이다.

무엇을 하는지도 중요하지만 누가 하는지도 중요하다고 하겠다. 그래서 옛말에 사기꾼은 참말을 해도 거짓말이 되 고, 도인은 거짓말을 해도 참말이 된다고 하지 않았는가. 불 의와 악행은 좋지 못하다. 누구든 부정하지 못할 것이다. 그

257

렇다면 정의와 선행은 반드시 좋은 것인가? 꼼꼼히 새겨볼 일이다. 옳은 것이 좋을 수도 있고, 옳지만 좋지 않을 수도 있다.

이런 사람이 있다. 그는 매우 올곧고 지식과 언행이 일치한다. 그 사람의 가치와 행위는 정의롭다. 그런데 이웃 사람들이 그 사람에게 친근하게 대하지도 않고 호감을 갖지도 않는다. 왜 그럴까? 그는 자신의 생각과 실천에 동의하지 않거나 침묵하는 사람들을 개념이 없고 용기가 없다고 타박한다. 왜 옳고 좋은 일에 함께하지 않느냐고 압박한다. 그래서 그의 생각과 행위는 동의하지만 그 사람을 좋아하지는 않는다. 상대방의 처지와 감정을 배려하지 않고 있기 때문이다. 이는 옳은 일은 누구든 반드시 적극적으로 해야 한다는, 즉 '옳은 일 강요죄'에 해당할 것이다.

옳은 일이 환영받지 못하는 경우는 또 있다. 바로 '다른' 의견과 '반대' 의견에 귀를 열지 않고 오히려 적대시하고 배척하는 경우다. 자기들이 하는 일이 옳은 일이기에 오류가 있을 수 없다는 신념을 고집하고 집착하는 이들을 종종 본다. 전체주의는 정치권력과 국가 기구에만 존재하는 것이 아니다. 지적과 비판을 받아들이지 못하고 오류와 실수할 가능성을 염두에 두지 않으면, 옳은 일을 할지라도 호감을 얻지 못한다.

이른바 '빠'라는 말이 있다. 어느 누구/집단에 절대적 믿음을 두고 진심을 다해 응원하고 열정적으로 헌신하는 사람들을 말한다. 연예인과 운동선수들을 향한 열렬한 팬뿐만 아니라 정치인들에게도 호응하고 지원하는 팬이 생겼다. 좋은 일이다. 민주와 인권과 복지에 대한 진정성 있는 정치인을 꾸준히 응원하는 일은 바람직한 세상을 만드는 데 든든한 버팀목이다. 그런데 조금 염려된다. 아니, 크게 염려된다. 바로 자기 집단의 가치만을 옳다고 여기며, 합리적인 지적과 다른 의견을 무조건 배척하며, 거친 언사를 쏟아내는 일이 있기 때문이다.

부처님은 자자自恣라는 의식을 통해서 자신이 수행 기간에 허물이 있으면 지적해달라고 제자들에게 청원했다. 그리고 부드럽고 자애로운 말로 충고하라고 했다. 옳은 의도가 좋은 감정으로 받아들여져야 서로 화목할 수 있음을 직시한 것이다. 비록 옳은 것일지라도 맹목적 집착은 독이 된다. 밧줄로 묶여도 속박이고, 황금줄로 묶여도 속박이다. (2017)

자기 말을
하는 사람

포근한 미소와 향기로운 차 한잔은 산중 암자를 찾아오는 벗들에게 최고의 선물이다. 자신을 성찰하고 남다른 사유로 탐구하는 이들과 함께 나누는 대화는 늘 즐겁다. 차를 마시면서 부처님 말씀과 책을 주제로 이야기를 나눈다. 책은 재미와 의미가 있는 차담을 만들어준다. 나는 차담이 끝나면 무엇이라도 주고 싶은 마음에 차나 책을 선물하기도 한다. 집으로 돌아간 이들은 각자의 방식으로 감사의 마음을 전한다.

어느 날 한 폭의 수채화 같은 얼굴을 가진 벗이 소식을 전해왔다. "그저 옆에 있어도 좋은 벗들이 찾아와서 햇볕 바른 마루에서 스님이 주신 차를 마셨습니다. 향긋한 차향을 머금으며 서로가 흐뭇한 미소를 짓습니다. 이심전심의 경지가 멀리에 있지 않음을 알겠습니다." 스마트폰 화면에 차향과 미소가 어리는 듯했다.

얼마 전에는 감동적인 선물 사례를 받았다. 법조계에 몸담은 분이 찾아와 차담을 나누었다. 평소 책을 가까이하고 있다는 그는 유발 하라리의 《사피엔스》에 대한 나의 의견을 물었다. 나도 그 책을 읽은지라 공감을 하며 시간 가는 줄 모르고 이야기를 나누었다. 책을 좋아하는 그의 진심이 느껴져서 두 해 전에 출간한 나의 책을 선물했다. 다음 날 그분의 전화를 받았다. 집으로 돌아와 책장을 펼쳤는데, 마음이 열리고 공감되는 내용이 많아서 하루에 한두 편씩 "아껴가며 읽겠다"고 했다. 아껴가며 읽겠다는 그의 말에 가슴이 찌릿했다. 부족하나마 글을 쓰는 처지에서 이만한 찬사가 없겠다 싶었다. 분에 넘치는 사랑이다.

차와 책을 받은 두 사람에게 주목하는 이유는 성의 있는 답신의 행간에서 그들이 '자기 말을 한다'라는 믿음을 받았기 때문이다. 하이데거는 '언어는 곧 존재의 집'이라고 했다. 존재의 집은 그만의 독특한 사유의 시선으로 포착한 세계이다. 그러한 세계에 사는 사람은 많은 사람이 흔히 발설하는 단어와 문장을 사용하지 않는다. 자신의 체험과 느낌으로 말한다. 그러한 말이 사람의 마음을 흔든다.

선사들은 선문답을 통하여 사구死句와 활구活句를 가려낸다. 즉, 사유와 체험의 과정 없이, 다른 사람들의 좋은 말을 무조건적으로 받아들여 자기의 말인 양 착각하는 속내를 여지없이 깨뜨린다. 한 제자가 스승에게 "해탈이 무엇이냐"라고 묻자 스승은 "누가 너를 묶어놓았느냐"라고 되물었다. 또 제자가 "무엇이 부처님의 마음이냐"라고 묻자 스승은 "누가 너를 더럽혔더냐"라고 되물었다.

　나는 어느 농부의 말을 지금도 큰 울림으로 간직한다. 온갖 자연환경과 동네 사람의 도움을 받아 농사를 짓는 결실의 과정에서, 그는 나름의 깨달음을 이렇게 말했다. "나만 살고자 하면 나도 살 수 없다." 농부의 이 한마디에 '이것이 있으므로 저것이 있고 이것이 살았으므로 저것이 산다[此有故彼有此生故彼生]'라는 경전의 가르침이 사람 사는 세상으로 나왔다. 자기 말을 하는 사람들의 한마디는 어디서나 생생한 법문이다. (2018)

낭독의
기쁨

내가 사는 암자에는 텔레비전이 없다. 스마트폰도 잘 터지지 않는다. 인터넷은 연결되지만 접속 불량일 때가 많다. 다행히 손님 대부분이 이런 환경을 불편해하지는 않는다. 별들이 무더기로 쏟아질 것 같은 밤하늘을 보며 환성을 지르며 어린 아이처럼 마냥 좋아한다.

지인의 소개로 광주에 사는 부부가 암자에 왔다. 저녁 7시경에 도착했다. 그날은 중요한 이야기를 나누어야 할 다른 손님이 있어, 그 부부와 차를 마시며 대화할 형편이 안 되었다. '놀 거리도 마땅히 없는 산중의 긴긴밤을 어찌 보낼까' 하여 제안을 했다. 부부가 차를 마시면서 책 한 권을 서로 소리내어 읽으면 어떻겠냐고. 부부는 머뭇거림 없이 제안을 받아들였다. 안도현 시인의 《연어》를 각자에게 주고 서로 번갈아 감정도 넣어가며 낭독해보라고 안내했다. 그러고 나는 다른 손님을 맞았다.

차담을 하면서도 이따금 마음이 부부에게 쏠렸다. '정말 약속대로 읽고 있는 걸까. 재미를 느끼지 못해 서먹한 분위기로 읽다가 중간에 그만두지는 않았을까.' 다음 날 수국과 수련이 핀 연못 위 누각 차실에서 부부에게 차를 건네며, 책을 읽었는지 넌지시 물었다. "스님, 말씀대로 주신 책 한 권을 다 읽는 데 1시간 40분쯤 걸리던데요." 책을 다 읽은 소감을 여쭈니 "뭐라 말할 수는 없지만 참 좋았고요. 읽는 내내 느낌이 달랐습니다. 모처럼 색다른 소통의 기쁨 같은 걸 느꼈습니다"라고 했다. 부부의 표정을 보니 소리 내어 책을 읽은 기쁨을 누렸음을 알 수 있었다.

책을 소리 내어 읽는 효과는 의외로 놀랍다. 나는 차를 마시면서 사람들에게 시와 수필 읽기를 권한다. 다들 신기해하고 좋아한다. 고등학교 이후 낭독은 처음이라고 한다. 감정을 넣어 읽는 재미도 크다고 한다. 음성으로 표현하면 표정이 살아난다.

요즘 많은 사람이 소통의 부재를 말하고 대화의 단절을 염려한다. 소통의 도구가 넘쳐나는 시대에 역설이고 모순이다. 진정으로 소통하고 교감하려면 먼저 서로의 얼굴을 보아야 한다. 그리고 가슴에서 우러나오는 말을 나누어야 한다. 말과 생각을 나누는 일은 듣는 일에서 시작한다. 그러므로 낭독은 경청과 대화의 아주 좋은 방편이라고 할 수 있다.

우리는 생활 속에서 작지만 큰 변화를 이루어야 한다. 서로 만나 스마트폰을 만지작거리거나 의미 없는 잡담을 나누기보다 글 한 편을 읽는 것은 어떨까. 가족이 모여 배역을 정해 윌리엄 셰익스피어의《한여름 밤의 꿈》을 읽어도 좋겠다. (2015)

거짓말의 피해자는
누구인가

불자들이 늘 독송하는 〈천수경〉은 관세음보살에 올리는 기도문이다. 기도문은 '정구업진언'으로 시작한다. 입으로 지은 허물을 정화한다는 의미를 담고 있다. 그릇에 더러움이 가득하면 맑은 물을 담을 수 없는 법. 그래서 세상의 모든 소리를 듣고 응답하는 관세음보살에게 다가가기 전에 정직한 자기 고백이 먼저다. 또 기도문에는 행위와 언어, 의도로 지은 열 가지 허물을 고백하고 참회한다.

근자에 정치권뿐만 아니라 사회 곳곳에서 말로 짓는 허물의 실상을 보고 있노라면 더없이 우울하고 씁쓸하다. 치졸하다고 할 수밖에 없는 지난날 국가기관의 숱한 파렴치한 행위들은 인간이 과연 이성을 가진 존재인가에 대해 회의하지 않을 수 없게 만든다. 그간 국가정보기관이 돈을 주고 댓글 공작과 시위를 조장한 의혹에 대해 그들은 꾸준히, 한결같이, 당당하게 '아니다'라고 말했다. 증거와 함께 하나씩 사실이 드러나니 이제는 마지못해 '그렇다'라고 말한다. 거짓, 왜곡, 분열의 말들은 역사 앞에 그 과보를 받고 있다. 한 치 앞을 못 보는 인간의 어리석음이다.

그런데 드러나는 거짓을 부끄러워하고 고백하기보다, 외려 거짓을 거짓으로 덮고 시선을 돌리려는 거짓말을 서슴없이 하는 자들이 있다. 최근 어느 야당 대표의 발언이 그렇다. 일부 정치인들의 발언을 듣고 있노라면 거짓과 말 바꾸기와 선동을 어찌 그리도 진지하고 엄숙하게 하는지, 민망하다. 자기 정당화의 당당함 앞에 실소와 냉소를 금할 수 없다.

이제는 세상을 떠난, 한때 국회의원을 지낸 이주일 씨의 말이 생각난다. 코미디언과 일부 정치인의 같은 점은 한마디로 '웃긴다'는 것이다. 다른 점은 코미디언은 대중을 웃게 하고자 짐짓 웃기고, 일부 정치인은 진지한 태도로 진심을 담아 웃긴다는 것이다. 코미디언의 말들은 사람들에게 유쾌한 웃음과 좋은 기분을 선물하지만, 일부 정치인의 말은 슬픔과 허탈감을 가져다준다.

거짓말이 주는 해악은 치명적인 독과 같다. 타인이 거짓말로 받은 고통은 새삼 거론할 여지가 없다. 거짓말의 또 다른 피해자는 거짓말을 하는 바로 나 자신이라는 성찰이 필요하다. 왜 피해자인가? 거짓말을 하는 자의 거짓말이 드러나서 나 자신이 불신과 외면을 받는 과보가 따르기 때문이다. 인과응보는 거짓말을 하는 자와 당하는 자의 관계로 드러난다. 그런데 이는 매우 상식적이고 도덕적인 교훈이다. 이런 불이익의 과보 때문에 사람은 거짓말을 하면 안 되는 것일까?

경전에서는 "행위가 곧 행위자[因業有作者]"라고 말한다. 풀이하면, 거짓말을 하면(행위) 거짓말쟁이(행위자)가 되는 이치다. 행위와 행위자의 사이는 조금의 간극도 없다. 즉시다. 두 번 거짓말하면 즉시에 두 번 거짓말하는 사람이 된다. 여러 번 거짓말하면 나 자신의 전신이 거짓말덩어리가 된다. 쌓이고 쌓여 마침내 나 자신의 마음과 정신이 거짓으로 굳어지고 삶은 온통 거짓으로 이어진다. 자신이 저지른 허물의 과보가 자신의 내부에서 악순환을 거듭하게 된다. 그렇게 전신이 거짓으로 탈바꿈하면 나 자신은 자가당착에 빠진다. 매사 거짓말을 하면서도 자기가 옳다고 스스로 여긴다. 자기의 행동을 정당화하기 위해 거짓말을 생산한다. 세간의 상식과 사실에 맞추어 말과 행동을 하기보다 자기의 행위를 정당화하기 위해 스스로 자연스레 자신의 생각을 조정하고 말을 한다. 자기가 자기를 속이고, 자기가 자기에게 속고 있다는 사실도 모르고 사는 사람들이 많다. 그야말로 거짓말의 최대 피해자가 아닌가. 슬프고 무서운 일이다. (2017)

3천 권 읽고
음미하기

산중을 찾는 사람들을 보면 사회 변화를 조금은 짐작할 수 있다. 그중에는 온갖 사연으로 실의에 빠진 사람, 과도한 업무와 압박으로 시달리는 사람, 이런 사람들이 삶의 활로를 찾고 자신을 살펴보기 위해 산중을 찾는다. 근자에 정년을 마치고 여유를 즐기고자 오는 사람이 부쩍 많아졌다. 그분들을 보고 있으면 여전히 생기가 넘친다. 본인들 처지에서는 은퇴하기가 억울할 수도 있겠다 싶다. 차를 마시며 이야기를 나누다보면 앞으로 20~30년을 어떻게 살아야 할지 고민을 털어놓는다. 건강한 신체와 더불어 수명이 늘어나는 시대, 생애주기별 인생 설계는 우리 사회의 화두가 되었음을 실감한다.

단풍이 곱게 물든 어느 가을날, 은퇴한 남성 한 분이 찾아왔다. 〈한겨레〉 신문의 수행·치유 웹진 〈휴심정〉의 열혈 독자라는 그분은 얼굴에 활기가 넘쳤다. "제가 선생님을 보건대 오래 사실 상인데, 이제 무엇을 하고 사실 예정이신가요?" 넌지시 던진 물음에 그분은 별로 걱정하지 않는다고 답했다. 왜냐면 혼자서도 재미있게 살아갈 거리가 많기 때문이란다. 그게 무어냐고 물으니 단연 책 읽는 재미라고 한다. 3천 권 정도 책을 가지고 있는데, 책만 읽으면 근심이 사라지고 그저 재미있단다.

요즘 시대에 독서에 몰입한다는 사실이 반가워서 몹시 아끼는 차를 더 내놓았다. 책을 주제로 나누는 차담은 언제나 즐겁다. 그분은 책을 읽으며 좋은 글귀에 밑줄을 긋고 그 글귀를 공책에 적어 옮기는데, 쌓인 분량이 1,000장을 몇 번 오간다고 했다. 놀랍고 고마웠고 감동이었다. 그분의 독서법 열강은 더 이어졌다. 그렇게 옮겨놓은 글귀를 틈틈이 읽으며 그 뜻을 음미하다 보면 절로 생각이 열리고 마음이 깊어지는 경지를 느낀다고 한다. "선생님은 명상 수행 아니 하셔도 될 것 같습니다. 그렇게 독서를 하시면 그게 수행입니다." 진심으로 덕담을 드렸다.

《금강경》에는 다음과 같이 독서 수행을 권하고 있다. 수지受持, 독송讀誦, 서사書寫, 해설解說이 그것이다. 오늘날 이 매뉴얼을 적용하면 이렇다. 먼저 좋은 책을 고른다[受持]. 그

다음은 내용을 음미하며 묵독하거나 낭독한다[讀誦]. 그런 후 의미 있고 감동적인 글귀를 종이에 정성스레 쓴다[書寫]. 그리고 자기의 사유와 성찰의 눈으로 내용을 해석하고 지인들과 대화한다[解說]. 이렇게 하면 책이 밝히는 뜻과 내 생각이 맞닿게 된다. 생각이 열리고, 바뀌고, 새로워지는 경지에 이른다. 이른바 합일의 삼매三昧°가 다른 곳에 있지 않을 것이다.

부처님은 제자들에게 많이 듣고 사유하라고 했다. 그리고 그것을 기억하라고 했다. 저장된 기억은 묻히지 않고 재생되면서 자신의 생각과 감정을 제어하고 조절한다. 독서는 남에게 보여주기보다 자기를 보는 수행법이다. 지독한 졸필인 나는 얼마 전부터 사경법을 하나 더 개발했다. 노트북 사경이다. 책을 읽고 중요한 구절을 아주 천천히 음미하며 화면에 옮긴다. 붓으로 사경하는 묘미에는 미치지 못하지만, 이 또한 나름 경건한 21세기 독서법이고 사경 수행이다. (2017)

° 삼매란 단지 고도의 정신적인 깊이와 집중만을 의미하지는 않는다. 온전히 어떤 대상과 하나가 되는 일이다. 가령 대비삼매大悲三昧라는 말은, 나를 잊고 온전히 상대의 아픔과 슬픔에 합일하는 마음을 뜻한다. 현대적인 의미에서는 집중, 몰입, 공감이라고도 표현할 수 있겠다.

실시간 행복의
실종

오늘 부처님이 이 땅에 오신다면, 전 지구적으로 스마트폰에 집중하는 풍경에 적잖이 당황하시겠다. 스마트폰에 의존하여 사색보다 검색에 몰입하는 현실 앞에서 어떻게 판단하고 어떤 가르침을 내릴지 고민되시겠다. 부처님 당시에는 스마트폰은 물론 책도 없었다. 그럼 제자들은 어떻게 부처님 말씀을 전하고 세상 이야기와 정보를 접할 수 있었을까. 단순하다. 큰 나무 아래나 강당에 모여 앉아 부처님의 말씀을 직접 듣고 질의와 토론을 하였다. 대면 소통인 셈이다. 종이와 연필이 없는 시대이니 제자들은 자연스레 그날그날의 말씀을 거듭 새겨 외우고 기억했다. 토론이 끝나면 명상을 했다. 그러고 정리된 부처님의 법을 이웃에게 전하러 길을 나섰다.

　내가 생각하는 명상은 이렇다. 흔히 말하는 명상과 다를 수 있다. 부처님의 설법을 떠올리면서 그 내용의 핵심과 의미를 거듭 새기는 것이다. 잘 듣고 기억하고 떠올리고 새기는 과정이 바로 명상이다. 제자들은 나무 아래 앉아서 혹은 마을로 밥을 얻으러 오가는 길에서 부처님 말씀을 떠올리고 새기면서, 생각을 바로잡고 감정과 언행을 순화했다. 구전되던 부처님 말씀은 그로부터 몇백 년이 흘러 야자수 잎에 철필로 새겨졌고, 이후 동아시아로 전해져 종이에 기록되어 집대성에 이르렀다. 당시에도 제자들은 경전을 읽는 한편, 스승의 법문을 듣고 사유하여 내면화하는 명상을 이어갔다. 스마트폰이 종이책을 대신하는 지금도 명상은 여전히 유효하다. 명상이 바로 잘 보고 듣고 사유하는 것이라면, 스마트폰을 활용한 명상 수행도 충분히 가능하다.

기차나 버스로 이동할 일이 잦은 나는 이 시간에 스마트폰을 이용한다. 주로 좋은 글을 불러내어 읽는다. 한 권의 책 그 이상의 울림이 있는 글이다. "히말라야에 사는 토끼가 착각하지 말아야 할 것은, 자기가 평지에 사는 코끼리보다 결코 크지 않다는 것이다." 얼마 전 다독가인 지인이 격하게 공감한 글이라며 내게 보내주었다. 프랑스 철학자 루이 알튀세르가 한 말이라고 한다. 이 문장은 자칫 직위와 인격을 동일시하는 오류에 대해 생각해보는 계기를 마련해주었다.

좋은 글뿐만 아니라 여러 사람이 생생하게 의견을 주고

받는 팟캐스트도 즐겨 듣는다. 좋은 음악도 듣는다. 음악 명상이다. 미국의 밴드 핑크 마티니의 〈초원의 빛Splendor in The Grass〉은 노랫말이 참 좋다. 노랫말을 음미하며 나는 속도전으로 흘러가는 세상에서 느림을 생각한다. 노래를 듣는 동안 풍경을 그려본다. 작은 생명이 자라는 소리에 귀 기울이다 보면 나의 사유와 감성이 깊어지겠다. 의미 있는 것들과 접속하고 내면과 합일하면 그것이 바로 명상 수행이 아닐까. 아무리 편하고 빨라도, 내 정신과 감성의 생기와 울림을 억압하고 지배하는 것은 결코 좋은 것일 수 없다. 지금 실시간 검색어를 정신없이 따라가면 실시간으로 정신이 실종될 수 있다. 마음을 빼앗기지 않고, 마음으로 바라보는 스마트폰 명상을 권한다. (2015)

고사성어와
도토리묵

실상사 작은학교 1학기는 신영복 선생의 《강의》를 교재로 동양철학을 공부했다. 학생들은 공자, 묵자, 노자, 장자까지 그런대로 그들의 세계를 이해하고 공감했다. 그런데 문제는 한자였다. 학생들은 한자를 모르니 개념을 이해하기가 어렵다고 했다. 심지어 확실히 아는 한자는 본인의 이름과 월화수목금토일을 합해 열 자뿐이라고 했다. 나는 크게 웃었지만, 학생들은 못내 마음에 걸린 표정이었다.

9월 한 달, 고등학교 1학년생들과의 집중 수업에 앞서 의견을 나누었다. 무엇을 배우고 싶으냐고 물으니 한문 공부를 하고 싶다고 한다. 그 속내를 이해해 말했다. "그럼 내가 먼저 공부 방식에 대해 의견을 내면 너희들이 듣고 우리 서로 합의하자." 선생이라고 해서 학생들을 억지로 끌고 갈 수는 없으니 적절한 동의가 필요했다. 나는 먼저 이렇게 말했다. "공부란 새로운 지식을 알아가는 것만이 아니다. 무언가를 극복할 힘을 기르는 것도 공부다. 그러니 힘들고, 어렵고, 낯설고, 하기 싫고, 자신이 없고, 관심사가 아니라는 선입견을 내려놓고 '기꺼이' 해보는 자세가 중요하다. 힘든 몸을 이겨내야 하고, 지루하고 재미없다는 생각을 넘어서는 것이야말로 진정한 공부다"라고 역설했다. 고맙게도 학생들은 한번 해보겠다고 했다.

집중 수업의 과목은 '고사성어.' 입식이 아닌 좌식으로 오전 공부와 오후 공부를 합쳐 총 여섯 시간 공부하기로 했다. 사자성어를 낭랑하게 읽고 필사적으로 외우기로 했다. 놀랍게도 학생들이 동의했다. 그런데 한 가지 제안은 거절했다. 하루에 한 끼만 먹고 공부하자고 하니 그것만은 절대 못 하겠다고 했다.

마침내 수업 첫날을 맞았다. 열두 명의 학생이 모였다. 교재는 고사성어 150개를 적은 종이 한 장이 전부다. 먼저 여러 번 낭독했다. 가정맹호苛政猛虎, 격물치지格物致知, 측은지심惻隱之心, 빈자일등貧者一燈, 청출어람靑出於藍, 백아절현伯牙絶絃, 동병상련同病相憐, 마부작침磨斧作針…. 도덕과 윤리, 정치와 사회경제, 철학 등의 뜻이 담긴 고사들을 필사적으로 읽고 외웠다. 읽고 외우는 공부는 주입식이 아니라 사고를 정립하고 창의력의 근간이 되는 텃밭이다. 학생들이 외우고 나면 나는 고사성어의 대략적인 뜻을 설명했다. 이어 학생들이 돌아가며 고사성어의 유래를 읽었다. 고사성어가 있는 책을 학생들에게 일부러 주지 않았다. 요즘은 모두 화면에 의존하기에, 청각을 통해 경청하는 힘을 길러주고자 하는 의도였다. 고사성어의 유래를 듣고 나면 학생들은 그 내용을 말했다. 내 의도가 어느 정도 통했다고 내심 자족했다.

온고지신溫故知新이라고 했다. 그저 옛 문헌을 알고 기억하는 것은 공부가 아니다. 그래서 학생들에게 물었다. "가정맹호가 무슨 뜻이지요?" 술술 대답했다. "가혹한 세금은 호랑이보다 더 무섭다는 뜻입니다." 이어 물었다. "오늘날 국가의 세금은 그리 가혹하지 않습니다만 가정맹호가 곳곳에 있습니다. 그걸 생각해보세요." 학생들은 답을 하지 못해 내가 예를 들어 주었다. "오늘날 건물주의 도가 넘는 월세가 바로 현대판 가정맹호에 해당하겠지요." 학생들은 아하! 하고 이해했다. 진정한 고전 공부는, 이렇게 지금의 나와 사회를 연결하는 눈을 기르는 것이다. 이후 학생들은 고사성어와 현실을 잘 연결해 나름 견해를 말했다. 가르치는 기쁨이 여기에 있다.

작은학교 주변에 도토리가 많이 떨어졌다. 학생들에게 주워서 묵을 만들어 실상사 공동체 식구들에게 공양하자고 했다. 다들 찬성했다. 학생들이 틈틈이 도토리를 줍기로 했다.

그런데 다음날 깜짝 놀랐다. 도토리를 담을 상자 위에 이런 문구가 놓여 있었다. "무용지용無用之用, 쓸모없는 것의 쓸모. 평소에 밟고 지나갔던 도토리의 재탄생." "대기만성大器晚成, 큰 그릇은 오랜 시간 끝에 만들어진다. 도토리가 묵이 되려면 우리들의 노력과 시간이 필요합니다." "다다익선多多益善, 많으면 많을수록 좋다. 고등학교 1학년 일동." 그리고 이렇게 쓰여 있었다. "법인 스님께서 제안해주셨어요. 도토리를 모아, 묵을 만들어 인드라망 식구들과 함께 나눌 수 있으면 좋겠습니다."

다음 주에는 나와 학생들이 정성껏 모은 도토리를 가루로 만들 예정이다. 내가 만드는 법을 알려주면 학생들이 묵을 만들 것이다. 이런 사연으로 만들어진 묵무침을 먹으며 환하게 기뻐할 대중의 얼굴이 그려진다. (2020)

생각에
힘을 빼야 하는 이유

며칠 사이 산중의 햇볕은 다사로워지고 한결 선선한 바람이 불어온다. 볏짚으로 지붕을 덮은 일지암 초당 주변의 보랏빛 수국과 연못에 핀 수련이 여름 내내 눈길을 끌더니, 이제는 꽃무릇이 가을을 붉게 물들이고 있다. 세상 모든 만물이 한 모양으로 머물지 않는다는 제행무상諸行無常의 순리에 따라 무더운 여름은 미련 없이 가을에게 자리를 내주었다. 올여름은 각지에서 지인들이 하루도 쉴 틈 없이 찾아왔고 간간이 공부 모임에 말을 보태기도 하였다. 한적한 여유와 평온한 무심에 젖는 일도 즐겁거니와, 세속의 벗들과 차를 나누며 위로하고 공감하는 일은 산중에 사는 작은 보람이기도 하다.

가을이 시작되는 이즈음이면, 어김없이 15년 전 받은 한 통의 편지가 떠오른다. 대흥사 수련원장 소임을 맡아 여러 수행 프로그램을 진행할 때였다. 당시 대흥사 참선수련회는 엄격한 지도와 강도 높은 집중으로 제법 인기가 있었다. 많은 지원자가 몰렸고 수련을 마치고 남긴 소감문에는 만족과 기쁨이 넘쳤다. 지도 스님들에 대한 찬사와 감사도 대단했다. 그들 가운데 한 사람이 편지를 보냈다. 내용은 이러하다.

스님, 진심으로 감사합니다. 법문과 강의 내용도 좋았고 정성이 깃든 공양간의 음식도 맛있었습니다. 특히 지도하는 스님의 엄격하고 정제된 언행과 최선을 다하는 모습에 저희는 긴장의 끈을 놓지 않고 마음을 집중할 수 있었습니다. 세속에서 절제하지 못하고 늘 외부로 시선을 두고 사는 저희는 스님의 엄격함과 치열함이 더없는 죽비였습니다. 수련회를 마치고 돌아가는 길, 몇몇이 차를 마시면서 이야기를 나누었습니다. 모두 저와 비슷한 생각을 하고 있었습니다. 그런데요, 스님… 이야기를 나누다가 우리는 모두 차마 하지 못한 말이 있음을 알았습니다. 꼭 하고 싶은 말이 있었는데, 한여름 더위를 감내하며 애쓰는 스님의 정성에 누가 될까 말을 하지 못한 것입니다.

그것은 다름이 아니라 스님의 지나친 강직함과 무거움이었습니다. 수행하는 동안 스님의 표정은 늘 엄숙했습니다. 몸짓 하나하나에 조심스러움과 긴장이 묻어났습니다. 물론 그러한 마음과 몸가짐이 수행자의 모습입니다. 그러나 수행 기간 내내 저희는 절제와 긴장이 주는 미묘한 기운을 느끼면서도 한편으로는 마음이 평온하지 못했습니다. 혹여 스님들께 실수라도 하지 않을지, 나의 번뇌 망상이 들키지는 않을지 노심초사했습니다. 스님, 앞으로 이렇게는 할 수 없는지요. 정제되면서도 여유롭고, 엄격하면서도 따뜻한 분위기로 지도해주시면 좋겠습니다. 그리고 무엇보다 스님의 표정이 부드럽고 평온했으면 합니다. 조그만 틈도 허용하지 않으려는 얼굴에 저희는 절로 몸이 굳습니다.

편지를 읽고 큰 충격을 받았다. 이것이 여러 사람의 눈에 비친 나의 모습이었다. 나만 알지 못하는 또 다른 내 모습이었다. 그제야 해마다 수련회를 끝내고 나서 호되게 몸살을 앓았던 이유를 알았다. 수행 기간 내내 바짝 긴장한 상태로 지냈으니 몸과 마음이 힘들었던 것이다.

수행자로서 나를 엄격하게 지켜내야 한다는 생각, 늘 마음과 언행에 조금도 오류가 없어야 한다는 생각, 수련생들에게 최선을 다해야 한다는 생각, 그들이 나의 가르침대로 생각을 바꾸고 습관을 바꾸어야 한다는 생각, 그것은 또 다른 어리

석음이었고 집착이었다. 간섭을 관심으로, 집착을 애정으로
착각한 것이었다. 머릿속 가득한 생각에 '힘'이 들어가 있었
으니 나의 몸은 오죽 무거웠겠는가. 표정은 또 얼마나 얼음
장 같았을까. 그런 나와 함께 닷새 동안 묵언하며 수행하던
이들은 참으로 힘들었을 것이다.

무엇을 잘해야 한다는 생각마저도 하나의 집착이었음을
그때 깨달았다. '함이 없는 함', 무위의 행이 왜 필요한지 알
았다. 그 후 나는 생각과 지도 방식을 확 바꾸었다. 옳은 일
과 좋은 일을 나부터 즐겁게 하려고 했다. 애써 잘하고 잘 가
르치려고 하지 않고, 그저 '오직 할 뿐'이다. 그렇게 하니 몸
이 가볍고 마음이 편했다. 지금 떠올려보면 누가 강요하지
않았는데도 생각에 힘을 주어, 내가 묶고 내가 묶인 그 모습
이 참으로 우습기만 하다. (2015)

불리한가?
부끄러운가!

나가르주나는《중론》에서 "행위가 곧 행위자이고 행위자가 곧 행위다[因業有作者 因作者有業]"라고 말한다. 평소 언言과 행行이 바르고 일치하는 사람의 언과 행을 우리는 믿고 지지한다.

왜 사람이 사람에게 말을 하는가? 내 말뜻을 공감해달라는 속내가 아니겠는가. 그런데 유감스럽게도 우리는 진심을 믿지 않는 시절에 살고 있다. 왜 그런가? 겉과 속이 다르기 때문이다. 사과의 말이 말로 끝나기 때문이다. 사과의 말을 한 이후 진심 어린 태도를 보이지 않기 때문이다. 말이 세상 밖으로 나간 이후 언과 행의 일치와 불일치로 신뢰와 불신이 갈린다.

산중에서도 세속의 깊고 세밀한 사정을 듣는다. 정보 통신의 덕분이기도 하지만 마음에 상처를 입은 사람들이 산중에 찾아와 하소연하기 때문이다. 사연 대부분은 인간관계에서 겪는 갈등에 대한 것이고, 갈등의 원인 대부분은 모멸감이다. 언과 행이 가시가 되고 창이 되어 서로를 겨누고 찌른다. 언과 행이 감정을 건들고 자존감을 무너뜨린다. 경멸과 혐오를 담은 모욕적인 언사와 성희롱 등의 언어폭력은 일상에서 매우 무모하고, 교묘하고, 담대하고, 무엇보다도 계급 논리로 작동한다. 단순하고 명징해야 할 사회가 왜 이토록 교묘하고 혼탁하게 오염되어 있는가.

최근 포털 사이트 검색 순위 상위권은 지위가 높고 돈이 많은 사람이 저지른 불미스러운 행태가 차지하고 있다. 사람이 사람에게 극도의 모멸감을 느끼게 하는 행태를 어떻게 바라보아야 하는가. 가해자는 언과 행으로 저지른 패악이 사회에 드러나면 일정한 방식으로 대응한다. 구차하게 변명하거나 피해자를 회유한다. 또 사과문을 발표한다. 때로는 자필 사과문을 작성하여 공개하기도 한다. 사과하는 자신의 진심을 믿어달라는 의도다.

사람은 누구나 작은 실수를 하고 때로는 큰 과오를 범하기도 한다. 피해자는 과오에 대해 분노하며 문제를 제기하고, 가해자는 그에 상응하는 대가를 치러야 한다. 이런 인과율이 작동할 때 우리는 공정하고 정의로운 사회라고 말한다. 자칫

공정과 정의에 집착하여 가해자를 혐오하고 영원히 몹쓸 부류로 배제하는 문화에 대해서도 생각해본다. 이런 문화가 과연 함께 사는 세상을 지향하는 가치에 맞는 것일까? 그래서 과오를 저지른 자는 참회하고, 피해자는 용서하고, 마침내 서로 화해하는, 그런 회로가 순환하는 문화는 불가능할까. 불가능하지 않다. 사람이 하는 일에 가능하지 않은 일이 어디에 있겠는가. 이런 원칙과 방향에 동의하면서도 용서와 화해의 순환을 의심하는 까닭은 분명하다. 가해자의 말을 믿을 수 없기 때문이다. 말을 믿을 수 없는 이유는 분명하다. 가해자가 사죄의 말을 하고 나서도, 언과 행이 진실로 달라지지 않기 때문이다. 사죄 발언 이후의 변화와 태도를 피해자와 우리 모두가 공감할 때, 비로소 그 참회가 진심이었다 할 수 있겠다.

극도의 패악이 명백하게 드러났는데도, 왜 가해자들은 진심으로 사과하지 않고 사건이 벌어진 이후에 변화가 없는 것일까. '불리함'과 '부끄러움'을 생각해본다. 이를테면 과오를 저지른 정치인은 자신의 정치적인 표와 축적한 재산이 여론에 의하여 무너질까봐 "잘못했습니다. 사과합니다"라고 말한다. 말을 한 이후 태도에 변화가 없다. 말로 끝이다. 자신의 행위가 다른 이들에게 엄청난 고통을 주었고, 양심을 거스른 행위인지를 성찰하지 않았다는 방증이다. 성찰하지 않는 자에게 부끄러움은 있을 수 없다. 부끄러움을 안다면 그렇게 행동하지 않을 터이다. 그래서 맹자는 다른 생명이 고통을 받는 일에 가슴이 아픈 측은지심 다음에 자신의 과오에 대해 부끄러워하는 수오지심을 강조했을 것이다.

다른 존재의 자존을 훼손하는 모멸감을 준 자신의 과오를 부끄러워할 때, 진정한 참회는 가능할 것이다. 겉과 속이 다르지 않고, 사람을 존중하는 태도를 보일 때 우리는 가해자의 참회를 믿을 것이다. 사과의 언어를 보여줬다면 변화된 태도도 보여줘야 한다. 그리하면 용서와 화해라는 두 수레바퀴는 제대로 작동할 것이다. 폭로와 응징만이 능사는 아니겠다. 이른바 힘 있는 사람들이 유불리를 따지기에 앞서 부끄러움을 생각할 때다. (2018)

적명 스님과
배움

평범 속에 깨달음을 생각할 때 떠오른 분이 있다. 적명 스님이다. 겸손하면서 당당하고, 논리적이면서 직관적이고, 소박하면서 빛나는 스님이다. 적명 스님이 작년 세수 80세로 사바의 인연을 접었다. 스님은 그 흔한 방장이니 조실이니 하는 그런 직책이 주는 권위로 사신 분이 아니었다. 또 그런 권위로 선승들의 믿음과 존경을 받은 분이 아니었다. 그저 수행자로서 권위를 인정받으신 분이다.

나는 적명 스님을 모시고 공부하지는 못했다. 다만 온몸으로 감동한 한 번의 만남이 선명하게 기억에 남는다. 아마 2012년 가을로 기억한다. 서울에서 적명 스님을 모시고 공부하는 모임이 열렸다. 하늘 맑고 볕 고운 날, 성북동 전등사에 수도승과 산승이 모였다. 간단한 점심 공양을 마치고 차 한잔을 곁들이며 공부를 시작했다. 그날 누가 발제하고 토론한다는 그런 약속은 없었다. 그저 모여서 평소 나름대로 하고 싶은 말, 서로에게 묻고 싶은 말을 중구난방 횡설수설하면서 그야말로 야단법석을 펼치고자 했다. 그런데 뜻밖에도 적명 스님께서 몇 권의 책과 문서를 꺼냈다. 이어 모임에 참여한 각묵 스님에게 말했다. "제가 스님이 번역한《청정도론 특강》을 정밀하게 거듭 읽었습니다. 읽고 나니 수행하면서 평소 의심스러운 부분이 많이 풀리고, 석연하지 않은 점도 확연해졌습니다. 그리고 제가 책의 주요 핵심 내용을 나름대로 간추려 정리했습니다."

적명 스님은 그날 공부에 참석한 대중에게 내용을 간추린 종이를 나누어주었다. 분량은 아마 50쪽이 넘었던 것으로 기억한다. 1,500쪽의 내용을 그렇게 요약한 것이다. 옆에서 책을 보니 형광펜으로 그은 밑줄이 곳곳에 있고 포스트잇도 수없이 붙어 있었다. 모두 내심 놀랐다. 연배도 높은 분이, 선禪 수행자를 지도하는 봉암사의 수좌 스님이, 북방불교의 간화선 수행을 하는 어른이, 우리와는 사뭇 풍토가 다른 남방불교의 논서를 정독하고 요약하신 것이다. 아마 세속의 분들은 절집의 흐름과 분위기를 잘 알지 못하기 때문에 우리의 놀람을 실감하지 못할 것이다.

이어 적명 스님이 각묵 스님에게 다음과 같이 요청했다.

"제가《청정도론 특강》을 읽어가면서 북방의 간화선과 남방의 위빳사나 선 수행의 공통점과 차이점을 몇 가지로 정리했습니다. 각묵 스님께서 내가 공통점이라고 말한 부분이 맞는지를 말해주십시오. 그리고 차이점에 대해서도 스님 나름대로 견해를 말해주시면 고맙겠습니다." 각묵 스님은 훗날 내게 말했다. "그때 정말 놀랐고, 송구스러웠고, 기뻤고, 감격했다." 어찌 그렇지 않았겠는가. 또 그 자리에서 누가 그렇게 느끼지 않았겠는가. 여하튼 공부거리를 정성껏 준비해오신 스님 덕분에, 대중은 그날 밤을 지새우며 진지한 경청, 날카로운 질문, 성실한 답변을 주고받았다. 수행승들이 해야 할 일은 오직 '고요한 침묵'과 '의미 있는 대화'라고 하신 부처님의 말씀을 실감하는 환희로운 법석이었다.

그러고 지금 새삼 '배움'에 대해 생각한다. 배운다는 것은 지식의 축적이 아니라 일깨움이다. 그러나 일깨움에 앞서 배움에 대한 마음가짐과 태도다. 자신의 향상을 위해 누구에게나 물을 수 있는 마음가짐, 설령 그 대상이 아랫사람이라 하더라도 부끄러워하지 않고 물을 수 있는 그 마음[不恥下問], 그 마음 씀이 수행의 결실이고 경지가 아니겠는가. 예전에 절집의 대강사들은 제자의 공부가 무르익으면 자리를 바꿨다. 제자가 강단에 올라가 강의하고 스승이 밑에서 듣고 물었다. 허튼 권위와 분별과 집착이 끊어진 경지에서 나올 수 있는 태도다.

그해 가을날의 적명 스님에 대한 기억은 더 뚜렷하다. 하심과 배움의 아름다움이야말로 멀리 가는 향기일 것이다.

(2020)

시민이
수행해야 하는 이유

이따금 이런 상상을 한다. 부처님과 예수님은 가슴에 통증을 느끼고 살았을까? 차별을 당연시하던 시대, 폭력과 착취를 서슴지 않은 모순과 부조리를 인류의 성자들도 직시하였음은 분명하다. 오감과 의식을 가진 사람은 무엇을 보고 들을 때 일정한 감정과 사유를 형성한다. 부당하게 고통받는 사람들 앞에서 성자는 한없는 슬픔과 연민을 느끼며 아파했을 터이다. 욕망의 초월과 번뇌로부터 해탈이 세상일에 대한 무관심과 동의어가 아닐진대 성자의 슬픔은 깊고도 깊었을 것이다. 석가모니 부처님은 인생길에서 지혜와 자비가 동행해야 한다고 하였다. 그 자비는 연민과 사랑의 접속이고 결속이다. 사랑의 바탕은 연민이다.

내 곁에, 내 앞에, 사람이 있다. 그 사람이 아파하고 있다.

내 온몸이 그대로 통증이다. 동체대비同體大悲다.《유마경》에서는 "중생의 병은 무지에서 생기고, 보살의 병은 대비에서 생긴다[以無明卽衆生之患 以大悲卽菩薩之患]"라고 했다. 큰 연민을 가진 보살은 이웃의 고통을 치유하고 해결하고자 큰 뜻을 세운다[願力]. 그리고 그 고통의 실상과 발생의 원인을 파악한다[智慧]. 고통을 해결할 다양한 방법을 모색하고 실천한다[方便]. 아파하는 마음에서 사랑이 나오고 사랑에서 지혜가 나온다. 그래서 공감하고 소통하는 일이 바로 시민의 수행이다.

부처님과 예수님에게 과연 분노가 없었을까? 황당하고 무례한 상상일 수 있겠다. 물론 모든 욕망과 집착을 여의었고 세상 뭇 생명에 대한 지극한 사랑과 자비가 가득한 분들이었으니, 어떤 악인에게도 증오와 원망이 있을 수 없다. 그러나 성자들이 살았던 그 시대도, 신념과 가치가 다르고 이해득실이 얽힌 사람들이 사는 투쟁과 차별의 시대였다. 바로 눈앞에서 사람이 사람에게 고통을 가하고 당하는 모습을 보며 성자들은 담담하고 평온한 마음이었을까? 증오가 없다고 심한 통증과 연민하는 울음이 없었을까?

《유마경》의 문법으로 생각해본다. 중생의 분노는 정략과 이해에서 생기고, 보살의 분노는 정의와 평등에서 생기는 것 아닐까. 그 연민과 분노는 정당한 '문제 제기'다. 시민의 대승적 수행은 무엇일까? 옳고 그름을 판단하는 분별력, 그름에

대한 단호한 배격, 자유와 평등의 가치를 회복하고 수호하고
자 하는 노력이다. 분노하되 증오하지 않으며, 그름을 배격
하되 끝내 함께 가겠다는 애정을 포기하지 않는 삶을 지향하
고 실천하는 길이 시민 수행자가 가야 할 길이 아닐까.

"운동하는 햇수가 늘어날수록 심성이 황폐해지고 있는 것
같습니다." 시민운동하는 분들이 많이 하는 고백이다. 이러
한 고백을 들을 때마다 마음 한편이 저민다. 고마움에 앞서
미안한 마음이다. 늘 우리 사회의 불공정을 지적하고 비판하
고 맞서야 하는 일이 거듭되다 보니 감정이 힘겨울 것이다.
그러나 어쩌겠는가. 내가 옳다고 선택한 길이고 좋아서 가고
있는 길이다. 그러니 어찌해야 하겠는가.

세상을 향한 애정과 함께 결코 포기할 수 없는 것은 바로
'나'이다. 나는 내 소소한 일상을 재미있고 아름답고 평안하
고 가볍고 생기 있게 가꾸어가야 할 소명을 지니고 있다. 그
리하여 이런 나를 가꾸기 위하여 수행이 필요하다. 나에게 질
문하고 성찰하는 일이 수행이다. 세간에 살아가는 시민의 수
행은 특별한 명상과 기도만을 필요로 하지 않는다. 생각을 바
꾸고 언행을 바꾸고 삶의 방식을 바꾸는 일이 수행이다. 최
고의 수행은 특별한 목적 없이 그저 작은 기쁨을 만들어내고
누리는 일이다. 당신이 기쁘니 내가 기쁘다. 내가 기쁘면 당
신이 기쁘다. 시민이 수행해야 하는 이유다. (2016)

장가도 안 간 스님이
어떻게 알아요

장가도 안 간 스님이 어떻게 세상일을 속속들이 아느냐고 묻는다. 절집은 저자에서 한참 먼 거리에 있다. '출가'와 '수행'이란 단어는 단절과 은둔을 떠올리게 한다. 그래서 사람들은 수행자들이 세상일에 먹통인 줄 안다. 그러나 그렇지 않다. 그래서도 안 된다. 부처님은 번뇌와 욕망에 무심하라고 했지 세상사에 무관심하라고 하지 않았다. 오히려 세간 사람들이 사는 일에 대한 바른 통찰이 있어야 한다고 했다. 어떤 사건의 발생 원인과 결과를 잘 아는 '지혜[世俗智]'를 강조했다. 또 부처님의 열 가지 명호 가운데 '세간해世間解'는 세상일을 잘 이해하고 해결해준다는 의미다.

여하튼 종교인들은 여러 사람을 만나고 숱한 사연을 들으니 다양한 세상일을 알고 있다. 산중에 사는 나도 향기로운 차를 마시며 마냥 한가한 대화만 나누지 않는다. 때로는 가슴 아프고 억울한 사연들을 듣는다. 부담 없는 잡담을 나눈다. 진지한 주제로 학술 토론회의 경지까지 가는 대화도 한다. 어느 분야의 전문 소양을 갖춘 사람이 절에 오면, 함께 차담에 참여한 사람들과 즉석에서 강의와 즉문즉답이 이루어지기도 한다. 때로는 서로 노래와 시를 주거니 받거니 한다. 예나 지금이나 인문과 풍류가 꽃피우기 좋은 곳이 절집이다.

산중 절집은 바다와 같다. 산과 강에서 흘러나오는 온갖 백천 지류의 물들이 바다에 모이듯, 여러 사람과 사연이 모여드는 곳이 절집이다. 그래서 절집은 늘 고요하면서도 갖가지 말들이 넘친다. 절집은 《대방광불화엄경》이다. '대방광'은 무한으로 넓고 다양한 시공간을 말한다. '화엄'은 어느 하나도 제외하지 않고 어느 누구도 주눅 들지 않는 꽃들이 어우러진 꽃밭을 의미한다. 그래서 《화엄경》을 '잡화엄식雜華嚴飾'이라고 한다. "꽃밭에는 꽃들이 모여 살고요, 우리들은 유치원에 모여 살아요"라는 노랫말이 바로 잡화엄식의 세계다. 여러 사연과 능력을 지닌 사람들이 모여 절집엔 늘 잡설의 꽃이 핀다. 잡설이 모이면 경전이 된다. 온갖 잡설이 모여 '대방광'한 '불'의 '화엄 세계'를 이룬다.

경전은 여러 가지 방식으로 만들어졌다. 부처님이 제자들을 모아놓고 강의한 내용이 경이 되었다. 철학적 주제를 강의하거나 일상의 일을 주제로 도덕과 윤리에 대해 강의하기도 했다. 때로는 어느 누군가의 질문에 대해 답을 하면, 그 내용이 전승되어 작은 경전이 되기도 했다. 소위 '즉문즉답'을 모아 편찬된 경전이 의외로 많다. 또는 인생 상담이 그대로 경전이 되었다.

세상의 길은 질문에서 시작한다. '생로병사의 근원적 불안을 어떻게 해결할 수 있을까?' '모든 생명이 싸우지 않고 더불어 행복하게 사는 길은 무엇일까?' 싯다르타는 진지하게 온몸으로 물었다. 질문이 있는 자는 스승을 찾고 작은 일에도 예민한 촉수로 이치를 살피고 탐구하고, 전신으로 깨닫는다. 싯다르타는 자신과 세상을 향해 질문하고 마침내 답을 찾았다. 《금강경》도 질문으로 시작한다. "구도심을 발한 보살은 어떻게 자신의 마음을 다스리고 유지해야 하는가[善男子 善女人 發阿耨多羅三藐三菩提心 云何應住 云何降伏其心]." 부처님은 이에 간명하게 답한다. 그 무엇에 갇히거나 얽매이지 말고 자유롭게 마음을 쓰라고. 석가모니 부처님 시절 마을 촌장이 부처님께 답답한 가슴을 열어 보였듯이, 오늘도 많은 이웃이 아픈 속내를 털어놓고 위로받고 싶어 한다. 사람이 묻고 사람이 답하면 그것이 바로 경이다. (2019)